新　潮　文　庫

イスラム最終戦争

1

マーク・グリーニー
田　村　源　二　訳

新　潮　社　版

11115

イスラム最終戦争　1

ヴァディム・レチコフ…学　生《スチューデント》ヴィザでアメリカに滞在するロシア人
バルトーシュ（バリー）・ジャンコウスキー…退役陸軍大佐、コールサイン〈ミダス〉、元デルタフォース指揮官
〈アルジェ〉…アルジェリア人ＩＳ工作員
〈トリポリ〉…リビア人ＩＳ工作員
アンジェラ・ワトスン…ＩＳ〈アトランタ〉細胞リーダー
デイヴィッド・ヘンブリック…ＩＳ〈フェアファックス〉細胞リーダー

主要登場人物

アメリカ合衆国政府

ジャック・ライアン（ジョン・パトリック・ライアン）…大統領
メアリ・パット・フォーリ…国家情報長官
ジェイ・キャンフィールド…ＣＩＡ長官
ダン・マリー…司法長官
アーノルド（アーニー）・ヴァン・ダム…大統領首席補佐官
スチュアート・レイモンド・コリアー…ＣＩＡ工作員

アメリカ合衆国軍

キャリー・アン・ダヴェンポート…陸軍大尉、ＡＨ－64Ｅアパッチ攻撃ヘリコプター副操縦士／射撃手
トロイ・オークリー…陸軍三等准尉、ＡＨ－64Ｅパイロット
スコット・ヘーゲン…海軍中佐、ミサイル駆逐艦〈ジェームズ・グリーア〉（ＤＤＧ－102）艦長

〈ザ・キャンパス〉

ジェリー・ヘンドリー…〈ザ・キャンパス〉の長／ヘンドリー・アソシエイツ社社長
ジョン・クラーク…工作部長
ドミンゴ・〝ディング〟・シャベス…古参工作員
ドミニク（ドム）・カルーソー…工作員
ジャック・ライアン・ジュニア…工作員／上級情報分析員
ギャヴィン・バイアリー…ＩＴ部長
アダーラ・シャーマン…輸送部長
ヘレン・リード…〈ザ・キャンパス〉機ガルフストリームＧ550の機長
チェスター・〝カントリー〟・ヒックス…同機の副操縦士

その他

ホザン・バルザニ…ペシュメルガ（クルド自治政府軍）大尉
サーミー・ビン・ラーシド…湾岸協力会議（ＧＣＣ）顧問
アブー・ムーサ・アル＝マタリ…イエメン人ＩＳ（過激派組織「イスラム国」）工作員

1

家族とともにレストランのテーブルについていたその男の名前は、ほぼすべてのアメリカ人がテレビやインターネットを通じて知っていたが、顔まで知っている者は皆無に等しかった。というのも、彼がことさら努力して目立たないようにしていたからである。

だから、歩道にいた落ち着きのない男にじろじろ見られたとき、彼はなんとも不可解な思いに襲われた。

スコット・ヘーゲンはアメリカ海軍中佐だった。もちろん、人はそれだけでは有名になれない。彼は功成り名遂げたミサイル駆逐艦の艦長なのだ。ヘーゲンが艦長を務める〈ジェームズ・グリーア〉は、第二次世界大戦以来最大の海戦のひとつにほとんど単独で勝利した、とメディアの多くに褒めたたえられたのである。

アメリカとポーランドの水上艦がロシア連邦の潜水艦とバルト海で戦火をまじえたのはわずか七カ月前のことだった。たちまちスコット・ヘーゲン中佐は嘖々《さくさく》たる名声を得たが、メディアのインタビューにはいっさい応じなかったし、報道機関が使えた彼の写真は、紺の制服にアメリカ海軍中佐の白い制帽という出《い》で立《た》ちで誇らしげに直立不動の姿勢をとる公式のものだけだった。

だが、いまはそれとはまったく対照的に、Tシャツに半ズボン《カーゴショーツ》、ビーチサンダルという格好のうえ、二日も髭《ひげ》を剃《そ》っておらず、顔は無精髭でおおわれていた。だから、そんな彼を見て、海軍省が公表している公式写真のヘーゲン中佐ではないかと思う者など、世界にひとりもいないにちがいなかったし、ニュージャージー州のこの野外メキシコ料理店には絶対にいないはずだった。

それゆえ、自転車ラックのそばの暗がりに立つ不気味な目をしたボウル型の髪の男がちらちら自分のほうを見つづけていることに気づいたとき、スコット・ヘーゲンはなぜだろうかと首をかしげた。

ここは大学町であり、その男は大学生の年ごろだったし、酔っぱらっているようにも見えた。ポロシャツにジーンズという格好で、片手に缶ビールを、もう一方の手に携帯電話を持っている。ディナーをとりにきた客でいっぱいの明るく照らされたテラス席の向こうから、その男は一分間に二度ほどこちらをにらみつけているようにヘーゲンには思えた。

中佐は不安になったわけではなかった――好奇心をそそられた、と言ったほうが正確だった。総勢八人。ヘーゲンは自分の妻子、それに妹の家族とともにレストランのテーブルについていた。ほかの者たちはみな、おしゃべりに余念がなく、コーンチップにグアカモレディップをつけて食べながら主菜が来るのを待っている。子供たちはジュース類を飲み、ヘーゲンの妻、妹、義弟はマルガリータをごくごくやっていた。ヘーゲンはというと、今夜は自分がレンタカーを運転する番なので、ずっとソフトドリンクで我慢せざるをえなかった。

彼らがこの町にやって来たのは高校サッカー選手権の試合のためだった。一七歳になるヘーゲンの甥《おい》が高校サッカーチームのスター・キーパーで、明日の決勝に出場することになっているのだ。明日は妻がレンタカーを運転する番なので、ヘーゲンは試合後のレストランでの食事では冷えたビールを何杯か喉《のど》に流しこめる。

ヘーゲンはコーンチップをもうひとつ口にほうりこみ、あの酔った間抜け野郎は心配するべき人間ではないと自分に言い聞かせ、家族でいっぱいのテーブルに視線をもどした。

軍に所属しているとさまざまな犠牲を強いられるが、なかでもいちばん辛《つら》いのは時間を奪われるということだ。そう、家族といっしょにいる時間を奪われてしまうのだ。軍務に服していると、家族とともに過ごせない誕生日や休暇、出席できない結婚式や葬式がたくさんあり、そうしたものはもう、どうあがいても取り返すことはできない。

軍人である多くの男女と同じように、スコット・ヘーゲン中佐もここのところ家族と充分に会えずにいた。まあ、それも仕事の一部なのであり、こうやって自分の子供たちだけでなく甥たちもつれて遠出するなんて、ほんとうに久しぶりだった。だから今夜は存分に楽しまなければならないとわかっていた。

きわめて厳しい一年を過ごしたあとなので、とりわけそういう思いが強かった。

バルト海での海戦で自分が艦長を務めるミサイル駆逐艦は損傷し、スコット・ヘーゲンはそのUSS（アメリカ海軍艦船）〈ジェームズ・グリーア〉を低速航行させて大西洋の向かい側のヴァージニア州ノーフォークへ帰らせ、海軍基地の乾ドックに入れた。〈ジェームズ・グリーア〉はそこで六カ月にわたって修理されることになった。ヘーゲンはいまも〈ジェームズ・グリーア〉の艦長だったので、現在はノーフォーク海軍基地勤務となっていた。〝乾ドック入り〟がいちばんつらい、と思っている海軍軍人は多い。艦上での仕事がたくさんあるうえ、艦内のエアコンを動かせなくなることがままあり、快適に過ごすための他の多くの装置も使えなくなるからである。

だが、スコット・ヘーゲンは文句を言うつもりなどまったくなかった。なにしろ戦争を実際に体験し、部下を失ったのだ。ヘーゲンも〈ジェームズ・グリーア〉も、紛れもない勝利者として凱旋《がいせん》できたのだが、実戦体験など羨《うらや》みの対象となるようなものではまったくないのである。そう、勝利者にとってさえ。

ロシアはいまのところまあまあおとなしい。たしかにロシアはまだウクライナのかなりの部分を支配しているが、アメリカ東海岸沖に送りこまれ、そこの海中をこそこそ動きまわっていたボレイ型弾道ミサイル原子力潜水艦は、帰国途上のスコットランド北方であえて発見され写真におさめられたあと、いまは北極圏の南端にあるサイダ入り江の母港にもどっている。

そして、リトアニア領内へなだれこんだロシア軍部隊も、ベラルーシとの国境の向こう側までもどり、バルト海沿岸の小国への攻撃をやめた。

ロシアはバルト海海戦にも敗北して屈辱にまみれた。いまパラソルの下の大テーブルについている、ごくふつうの父親《ダッド》にしか見えない男が、その海戦の勝利に大きく貢献したミサイル駆逐艦艦長だと知ったら、ニュージャージー州のこの野外メキシコ料理店にいるだれもが驚くにちがいない。

ヘーゲンは〝あの艦長〟だと知られる心配はないと安心していた。四四歳になる彼はもともと目立つようなことは一切しない男なのだ。制服姿で家族といっしょに外出することもないし、海戦の話をして彼らを楽しませることもない。そう、だからいまは、自分の子供や甥たちとだらだら週末を過ごしている、どこにでもいるダッドにしか見えない。妻にこんなジョークまで飛ばした。主菜の前にこれ以上グアカモレディップをつけてコーンチップを食べたら、明日は寝過ごして試合を観《み》られなくなってしまう。

彼は妻といっしょに笑い声をあげた。すると今度は義弟のアレンがこう尋ねた。

「ヘイ、スコッティー。あそこの歩道にいる男、知り合い？」

ヘーゲンは首を振った。「いや。だが、あいつ、数分前からずっとこちらを見つめているんだ」

アレンは言った。「部下だったことがあるやつとか？」

ヘーゲンは記憶をまさぐった。「見覚えない」さらにもうすこし考えてから言葉を継いだ。「なんか気持ち悪いなあ。ちょっと行って、どういうことなんだか訊《き》いてくる」

ヘーゲンは膝《ひざ》の上のナプキンを引っぱりとって立ち上がり、にぎわう野外レストランのなかを歩いて男のほうへ向かっていった。

問題の若い男は、ヘーゲンが近づいてくるとわかると、すぐに背を向け、缶ビールをごみ缶に投げ入れて足早に車道へ出ていってしまった。

男は暗い車道をわたり、せわしなく車が出入りする駐車場のなかに入って姿を消した。

テーブルにもどってきたヘーゲンにアレンは言った。「変なやつだね。あいつ、何をしていたと思う？」

ヘーゲンはどう答えればいいのかわからなかったが、やらなければいけないことはわかっていた。「あいつの様子がどうも気に入らない。ここは安全を最優先して、この場から離れよう。みんなを連れてレストランの屋内に入り、裏口から出てヴァンまで行ってくれ。おれはあとに残って勘定を払い、タクシーを拾ってホテルにもどる」

妹のスーザンもそばでこれをぜんぶ聞いていたが、どういうことなのかさっぱりわからなかった。彼女はそういう妙な若者がいたことにも気づいていなかった。「どうしたの？」

アレンが両方の家族全員に言った。「ようし、みんな、ヴァンへもどる。それまで質問はなしだ。ここから離れなければならない。ホテルへ帰ってルームサーヴィスを頼む」

スーザンが返した。「兄さんって、核兵器をたっぷり積んで航海していないと不安でしかたないのよ」

実は〈ジェームズ・グリーア〉は核兵器を搭載していない。スーザンは税金専門の弁護士であり、軍事的なことには疎《うと》いのだ。だが、ヘーゲンにはその誤りを訂正している暇はなかった。通りかかったウエイターを捕まえようとしていたところだったからである。勘定書をもらうためだ。

両家族とも、もうすぐ皿にたっぷり盛られた料理がやって来るというときに、急いでレストランから出ていかねばならなくなって、憤慨したが、何やら深刻なことが起ころうとしている気配くらいは感じ取れたので、全員がヘーゲンとアレンの指示にしたがった。

七人がレストランの裏口へ向かって移動しはじめたまさにそのとき、ヘーゲンはうしろを振り返り、問題の若者の姿をふたたび見た。彼は二車線の道をわたって野外レストランのほうへもどってくる。さっきは着ていなかった長い灰色のトレンチコートをはおっていた。下に何か隠しているにちがいない。

ヘーゲンは二家族を素早く避難させるアレンの能力に見切りをつけ、スーザンもたいして頼りにならないと判断し、妻のほうを向いて叫んだ。「レストランのなかを駆け抜けろ！　走れ！　さあ！」

ローラ・ヘーゲンは娘と息子の腕をつかむと、ぐいぐい引っぱって裏口へ急いだ。ヘーゲンの妹とその夫も、二人の息子たちを先に追いやって、海軍中佐の妻子のすぐあとにつづいた。

ヘーゲンもあとを追って駆けだした。だが、すぐに、ぎょっとして足をゆるめた。歩道にまで達した男がトレンチコートの下からＡＫ‐47カラシニコフをとりだして銃口を上げるのが見えたからだ。ヘーゲンの目はその自動小銃に釘付《くぎづ》けになった。野外レストランにいた他の者たちもそれを見た。見逃しようがなかった。

悲鳴と叫び声があたりに満ちた。

若者はスコット・ヘーゲン中佐をじっと見つめたまま歩きつづけ、野外メキシコ料理店のなかにまで入ってきて、自動小銃を肩まで上げた。

ヘーゲンは凍りついた。

《嘘《うそ》だろう！　こんなの、ありえない！》

ヘーゲンは武器などまったく持っていなかった。彼はヴァージニア州からは銃器携行の許可を得ていたし、他の三五州でも合法的に拳銃《けんじゅう》を携行できたが、いまいるのはニュージャージー州であり、ここで銃を身につけているところを見つかったら刑務所行きになる。

町中《まちなか》でカラシニコフを肩まで上げて構えたのだから、前方にいる頭のいかれた野郎は完全に法律に違反していたが、そんなことはヘーゲンには何の慰めにもならなかった。目の前の野外レストランにいる一〇〇人ほどの客への殺人未遂罪がすでに成立しているのだ。それに加えて銃の不法所持をも警察にとがめられたら困る、などとこの男が心配するとはとても思えない。

バーン！

初弾が凄《すさ》まじい発砲音を発してはずれ、わずか四フィート（約一・二メートル）左にある装飾の煉瓦《れんが》の噴水にあたってはじめて、スコット・ヘーゲンは弾丸を避ける仕《し》種《ぐさ》をした。家族が自分のすぐうしろにいるとわかっていたので、避ける能力がやや鈍ったのである。と言うか、立ちふさがるようにわざと突っ立ったままになり、自分の体を盾にして家族を護《まも》ろうとした、と言ったほうが正確だろう。だが、そのまま突っ立ちつづけるわけにはいかなかった。

ほかに選択肢はなかった。ヘーゲンは小銃を撃った男に向かって走った。

襲撃者は素早くさらに三発連射した。だが、その場はすでに大混乱となっていて、客たちはレストランから逃げ出そうと必死になり、パラソルごとテーブルを引っくり返した者も数人いて、襲撃者は行く手をはばまれ、客にぶつかられさえした。ヘーゲンも、倒れた赤いパラソルに視界をさえぎられ、若者の姿を見失った。だが、それでかえって若者のほうへと突進するスピードは速まった。襲撃者のほうもこちらが見えないわけで、撃たれる前にそいつにタックルできるのではないか、とヘーゲンは判断したのだ。

もうすこしだった。

襲撃者は行く手に倒れこんできたパラソルを蹴《け》り、大混乱の真ん中にできた無人スペースに猛然と向かってくるターゲットをふたたび目で捉《とら》え、AK-47を発砲した。ヘーゲンは腕を激しく叩《たた》かれるような感覚をおぼえた。左前腕に弾丸が一発もぐりこんだのだ。衝撃で体がすこし回転し、前への突進力がねじれてよろめいたが、ヘーゲンはなんとかテーブルのあいだを前進しつづけた。

ヘーゲンは小火器による戦闘のエキスパートではなかったが——彼は陸戦ではなく海戦を専門とする軍人だ——相手がまるで訓練されていない素人《しろうと》戦士であることはわかった。若者はAKを撃つことはできたが、それくらいの戦闘能力しかなく、目に狂気をたたえ、死に物狂いで突撃してくる。

これがどういうことであれ、きわめて私的な問題であることだけは確かだ。

そしていまや、これはヘーゲンにとっても私的な問題になってしまっていた。家族のなかに負傷した者がいるのかどうかさえわからなかったが、ともかくこの男をとめなければならない。ヘーゲンにわかっているのはそれだけだった。

右からひとりのウエイターが飛びかかり、襲撃者の肩をつかんで激しく揺すった。そうやって自動小銃を振り落とそうとしたのだが、襲撃者は体をクルッと回転させ、引き金《トリガー》を勢いよく引いた、何度も何度も。勇敢な若いウエイターは二フィートの至近距離から腹部に何発も被弾した。

まさに即死で、ウエイターは地面に倒れこむ前にすでに死亡していた。

襲撃者は突進してくるヘーゲンのほうへ銃口をもどした。

弾丸がもう一発、ヘーゲン中佐に命中した。その傷は最初の銃創よりも深かった。今度の弾丸は右腰の上を切り裂いて肉にもぐりこみ、中佐をうしろへと弾《はじ》いた。だが、ヘーゲンは前進しつづけ、そのあとの弾丸は上へそれてしまった。襲撃者は自動小銃の反動をうまく制御できずにいた。発砲の反動で銃口が跳ね上がるため、連射の二発目と三発目の弾丸は上へそれてしまうのだ。

ヘーゲンは中空へ身をほうり出し、頭から襲撃者に向かってダイヴした。弾丸が一発、顔すれすれに飛び去った。若者はヘーゲンに激突され、仰向けに金属製のテーブル上に引っくり返った。

ヘーゲンもいっしょに倒れこみ、二人は脚を上にしてテーブルから転がり落ち、野外レストランの硬い敷石に胴体をしたたか打ちつけた。ヘーゲンは右手でカラシニコフの銃身をわしづかみにし、銃口をそらしつづけた。熱い金属で手が焼けたが、銃身をはなせるわけがなかった。

彼は右利《みぎき》きだったが、拳《こぶし》にした左手で男の顔を何度も繰り返しなぐった。拳が汗の感触を捉えた。男の髪も頬も汗でずぶ濡《ぬ》れという状態だった。突然、襲撃者の鼻が折れて血が噴き出し、顔が真っ赤に染まった。

自動小銃をにぎる男の力が弱まった。ヘーゲンはすかさずそれをひったくり、体を回転させて男から離れた。そして、身を押し上げて両膝をつき、自動小銃の銃口を男のほうへ向けた。

「ダヴァイ!」若者は叫んだ。意味はわからなかったが、ヘーゲンには「撃てよ!」と言っているように聞こえた。ここでやっと、相手は外国人なのではないかとヘーゲンは思った。

襲撃者も転がって身を起こし、両膝をついた。ヘーゲンは、そこにいろ、動くな、両手を挙げろ、と次々に叫んだが、男はかまわずトレンチコートの前ポケットに手を突っ込んだ。

「くそっ、撃ち殺すぞ！」ヘーゲンは声をふりしぼり、悲鳴のような声を出した。

襲撃者のトレンチコートのポケットから、六インチの刃が剝《む》き出しになったナイフがあらわれた。男は血だらけの顔に気がふれたかのような表情を浮かべ、そのナイフを持って突進してきた。

距離がわずか五フィートにまで縮まってようやくヘーゲンは、若者の胸に弾丸を二発撃ちこんだ。ナイフが手から落ちた。ヘーゲンがわきにのくと、若者は回転しながら前方の地面へと倒れこみ、椅子《いす》をいくつか押し倒して、テーブルから落ちた食べもののなかにうつ伏した。

襲撃は終わった。と、とたんにヘーゲンの耳がさまざまな音を捉えはじめた。背後からうめき声が、通りからは悲鳴が聞こえてきた。さらに、サイレンの音、盗難防止用のカーアラームの音、子供の泣き声。

彼はＡＫ－47の弾倉《マガジン》をはずしてそのまま地面に落とし、ボルトを引いて薬室《チェンバー》を空にしてから、自動小銃を地面に投げ棄《す》てた。そして、被弾して倒れた襲撃者の体を転がして仰向けにし、そのすぐそばにひざまずいた。

男は目を見ひらいていた。意識はあったが、明らかに死につつあり、縫いぐるみ人形のように従順になっていた。

ヘーゲンはいまやアドレナリンに支配されていて、すぐさま若者の顔をにらみつけて問うた。「おまえはだれだ？　なぜ？　なぜこんなことをした？」

「兄のためだ」血だらけの男は答えた。

ヘーゲンは男の肺に血が満ちていく音を捉えることができた。

「兄って、いったい何者――」

「おまえが殺したんだ。おまえが兄を虐殺《ぎゃくさつ》したんだ！」

ロシア訛《なま》りの英語だった。それでヘーゲンにもわかった。自分が艦長を務めているミサイル駆逐艦は、ロシアの潜水艦二隻《せき》が撃沈されたバルト海の海戦で大活躍したのである。

ヘーゲンは訊いた。「水兵だったのか？」

若者の声はどんどん先細っていった。「兄は死んだ……ロシア……連邦の……英雄として」

ヘーゲンの頭にふっと別のことが浮かんだ。「どうやっておれを見つけたんだ？」

若者の目が生気を失ってガラス玉のようになった。

「おれが家族といっしょにここにいることを、どうやって知ったんだ」ヘーゲンは平手で男の顔を思い切りひっぱたいた。レストランの客のひとりで、ドレスシャツに大きな血の染《し》みをつけた三〇代の男が、瀕死《ひんし》の若者からヘーゲンを引き離そうとした。だが、ヘーゲンはその男を荒々しく押しやってしまった。

「どうやったんだ、このクソ野郎？」

若いロシア人の目がゆっくりと裏返っていった。ヘーゲンはにぎりしめた拳を高くかかげた。「答えろ！」

歩道に立つウエイトレスの近くから野太い声が響きわたった。「動くな！　動くんじゃない！」

海軍中佐は顔を上げた。両腕を突き出したニュージャージー州警察官がひとり見えた。両手で拳銃をにぎり、その銃口はヘーゲンの頭にピタッと向けられていた。この警官はこれまでの経緯をまったく知らない、とヘーゲンは思った。警官が知っているのは、死者と負傷者が散らばるメチャクチャになったレストランのなかで、ひとりのクソ馬鹿《ばか》野郎が負傷者のひとりをボコボコにしている、ということだけだ。

ヘーゲンは両手を挙げた。と、たちまち脇腹《わきばら》と腕の傷が発する痛みを感じだした。

頭がボーッとして、仰向けに引っくり返った。そのまま夜空をぼんやりながめだした。

すぐうしろから泣き声が聞こえてきた。それはあたりに飛びかうショックと恐怖の叫びや悲鳴にも搔《か》き消されない。妹が大声で泣いているのだとわかった。なぜ妹がすぐそばにいるのかヘーゲンには理解できなかった。妻子たちには走って逃げ去る時間を充分に与えたと思っていたからだ。

著名な父親とはちがい、ジャック・ライアン・ジュニアは飛行機恐怖症ではまったくなかった。それどころかむしろ飛行機というものを信頼していた――まあ、飛行機なしで空を飛ぶよりは、それに乗って飛ぶほうがずっと安心できる。それだけは確かだった。

2

いまこうして飛行機への信頼感ばかりに思いが向かうのは、やはり、あとほんの数分で、完璧《かんぺき》に機能している飛行機のサイドドアから、チェサピーク湾の一二〇〇フィート上に広がる青空のなかに身を投げ出そうとしているからなのだろう。

ある極秘組織で働くジャック・ジュニアは、同僚のベテラン工作員ドミンゴ・〝ディング〟・シャベスの指導・監督のもと、自分でパラシュートをパックし、正しくしっかり準備できたと確信していた。だが、この期《ご》におよんでつい頭が余計なことを考えてしまう。パラシュートのすべてが問題なく作動するという確信を強めなければいけないときに、今回出かけるときにお気に入りのランニングソックスを小型スーツケースに投げ入れるのを忘れた、という事実を頭から追いやることができないのである。その旅行の荷造り《パッキング》にしても、完璧にやりおおせたと思いこんでいたのだ。《同じではないぞ、ジャック。スーツケースのパッキングとパラシュートのそれとは何の関係もない》必死になってそう自分に言い聞かせようとした。だが、今朝のジャックの頭は、潰瘍《かいよう》の原因となるようなことばかり考えたがるようだった。

ジャックはいまスカイダイヴィングのトレーニング中だったが、それは軍隊の教練でも、ふつうの民間スクールの教習でもなく、自分が属する組織の幹部に課された訓練の一環だった。ジャックの仕事先は小さいが強力な極秘民間情報組織〈ザ・キャンパス〉で、その現場仕事をこなす工作部の人員のほとんどは元軍人や元情報機関員であり、そのなかには熟達した自由落下降下《フリーフォール・パラシューティング》のエキスパートも少数ながらいた。

スカイダイヴィングという重要な技能をジャック・ライアン・ジュニアにも習得させる必要があるということになったのは、最初〈ザ・キャンパス〉で情報分析の仕事をしていた彼が、この数年のあいだに工作員として現場の仕事をもするようになっていたからである。つまり現在は二つの仕事をこなしていて、つづけて数週間あるいは数カ月、自分の仕切り小部屋《キュービクル》の机に張りついて、テロ組織や腐敗した世界的指導者の資金操作の実態を暴《あば》いていることもあれば、ターゲット現場《ロケーション》のドアを蹴破って接近戦に参加していることもある、というわけである。

要するに、変化に富むさまざまな仕事を次々にこなさなければならず、単調な生活に辟易《へきえき》するということだけはない。

だが、いまはそうした皮肉な成り行きについて考えている余裕はなかった。そう、もうそんなことをしている暇はない。ジャックはチェックリストを小声で唱えはじめた。それは飛行機の外に踏み出した瞬間からやらなければならないことのリストだった。そして機外へ踏み出すのは、あときっかり——。

飛行機の前部にいるだれかが叫んだ。「ライアン！　あと四分！」

四分後にジャックは「踏み出し、前傾姿勢をとり、両腕を広げ、体をフラットにし、両膝をやや折り、弓なりに身を反らせ、開き綱《リップコード》を引っぱり、開傘《かいさん》の衝撃に備え、傘の具合をチェックし」なければならない。

ジャックは機体にそって据え付けられた横向きのシートに座ったまま、きわめて重要な〝やることリスト〟をそっと呟《つぶや》きつづけた。

今回が初めての単独《ソロ》ジャンプではなかった。ジャックは二週間前に教室内での地上訓練からはじめ、次いで教室の外に出て、ゆっくり走るピックアップ・トラックから装備をつけたまま緑地帯へ跳びおりて転がる、という訓練を開始した。そしてそのあと、二日間、ドミンゴ・シャベスか、もうひとりの〈ザ・キャンパス〉工作員で従兄《いとこ》のドミニク・カルーソーに身をくりつけられて高空から降下した。教官といっしょにいわゆるタンデムジャンプをした、というわけだ。シャベスとドミニクはどちらもフリーフォール・パラシューティングのエキスパートで、HALO（高高度降下低高度開傘《ハイ・アルティチュード・ロー・オープニング》）の訓練もHAHO（高高度降下高高度開傘《ハイ・アルティチュード・ハイ・オープニング》）のそれもしっかり受けていて、二人は初心者向けの訓練をほどこすなかでジャックの能力を試した。

ジャックは二人の期待に応《こた》えたため、すぐにスタティックラインジャンプに移った。それは「ジャンパーが機外に跳び出した瞬間、機体に固定された展開綱《スタティックライン》が引っぱられて、落下傘が自動的にひらく」ジャンプで、〝ディング〟・シャベスが〝ロープにとまる鳩《はと》〟と呼んでいるものだ。

スカイダイヴィング教習コースの次の段階は、低空からの海へのジャンプを含むものだった。そのジャンプでは自分でリップコードを引っぱって開傘しなければならないのだが、飛行機から跳び出したらただちにそうするのである。シャベスはそのジャンプを〝ホップ・アンド・ポップ〟と呼んでいた。

ジャックはホップ・アンド・ポップをすでに五回こなし、そのすべてが計画どおりに運んだ。それは、これまでのところジャックはメリーランド州のどこかの野原に顔から突っ込んで死にはしなかったという事実によって明らかである。ジャックはスカイダイヴィングの天才では絶対にないし、まだフリーフォールをやらせてもらえるところまで進んでさえいなかったが、この小規模な極秘民間情報組織の工作部長を務めるジョン・クラークからお褒めの言葉をいくつかもらってはいた。

実はそれだけでもたいしたことなのだ。というのもジョン・クラークはこの種の仕事に精通する第一級の人物だからである。なにしろ〈ザ・キャンパス〉入りする前の経歴がすごい。まず海軍SEALs《ネイヴィー・シールズ》隊員となり、次いでCIAの準軍事要員として活躍、さらにNATOの多国籍対テロ特殊作戦部隊〈レインボー〉の長官にまでのぼりつめ、だれにも負けぬくらい数多くの極秘戦闘ジャンプを実行してきたのだ。クラーク以上にそうしたジャンプをこなしてきた男はこの地球上にほんのわずかしかいないはずである。

ジャックはこの二日間ホップ・アンド・ポップをやりつづけてきたが、今朝のジャンプはそうしたものとはかなりちがっていた。今回の訓練は「着水したら即、近くで錨《いかり》を下ろしているヨットまで泳いでいき、同様にこれからジャンプする二人の仲間と合流して、そのヨットを攻撃する」というものなのだ。そして、そのヨットには敵役を演じる〈ザ・キャンパス〉の幹部らがかなりの数いるのである。

ジャンプまであとわずか三分というところで、ジャックは汎用《はんよう》輸送型のセスナ208Bグランドキャラバンの機内の向かい側に視線をもどし、今日の訓練に参加することになっている二人を見やった。ドミニク・カルーソーは頭のてっぺんから爪先《つまさき》まで全身黒ずくめだった――パラシュート・ハーネス、ゴーグル、ヘルメットまで黒い。そして、チェスト・リグには9ミリ弾が三〇発装塡《そうてん》された弾倉《マガジン》が何本かおさまり、右肩のうしろには減音器《サプレッサー》付きのSIGザウエルMPXサブマシンガンがストラップでしっかり固定されている。

ドミニクのサブマシンガンとグロック自動拳銃の弾倉《マガジン》に詰まっているのは実弾入りの実包《アミュニション》ではなく、鉛合金の代わりに塗料の入ったカプセルを発射する模擬弾《シミュニション》だとジャックにもわかっていたが、それでも弾丸であることに代わりなく、被弾すればそうとう痛い。

「訓練で汗を流せば流すほど、実戦で血を流すことが少なくなる」というのがクラークとシャベスの持論で、ジャックもそれは理解できたが、実際のところ彼は訓練で何度も血を流していたし、実戦でも血を流していた。

ジャックもドミニクやシャベスとほぼ同じ出で立ちだったが、大きなちがいが二つあった。ひとつは、ジャックの胸には水泳用の足ひれ《フィン》がしっかりくくりつけられているということ。そのフィンは着水したあとはめることになっている。そしてもうひとつのちがいは、向かい側に座る二人はMC－6パラシュート・システムを装着しているということ。MC－6はアメリカの特殊部隊用に開発された、主傘SF－10Aが取り付けられている特殊なパラシュート・ハーネスで、これを使うと長距離を飛ぶことができるとともに正確な着地も可能になり、行き過ぎた場合に後方へもどることさえできる。

一方、ジャックのパラシュートはずっと基本的なT－11で、みずから動く能力にはとぼしく、降下スピードも秒速一九フィートとかなり速く、着地点はほとんど航空機の速度、風、重力次第ということになる。

他の二人はヨットの甲板に直接着地しなければならなかったが、ジャックの場合は飛び出し開傘《ホップ・アンド・ポップ》し、眼下の広大なチェサピーク湾の海面からそれないようにするだけでよかった。ジャックはまだ〝補助輪〟段階にあり、泳いで他の二人と合流してヨットを制圧することになっていた。自分だけターゲットまで泳いでいかなければならないというのがちょっと恥ずかしかったが、スカイダイヴィングの初心者が訓練の二週間目に強襲演習を組みこんだジャンプをするなんて、それこそ前代未聞のことだったので、自分を情けなく思う気持ちはそれほどなかった。

〝ディング〟・シャベスはドミニク・カルーソーの隣にジャックと向かい合って座っていて、いまはヘッドセットをつけて乗務員《フライト・クルー》といつでも話せるようにしていた。今日のフライト・クルーも〈ザ・キャンパス〉のガルフストリームG550をいつも飛ばしているお馴染《なじ》みのヘレン・リード機長とチェスター・〝カントリー〟・ヒックス副操縦士だった。彼らはいま、ガルフストリームよりもパワーがなく、ハイテクという点でもかなり落ちるセスナ・キャラバンを操縦していたが、二人とも気分転換になる今日の飛行を楽しんでいた。

ドミニク・カルーソーはシャベスがヘッドセットを通してコックピットと連絡中であることを見てとると、ジャックと内緒話をしようと身を乗り出して口を従弟《いとこ》の耳に近づけた。「大丈夫か、従弟《カズ》？」

「ああ、もちろん」二人は手袋をはめた手を拳にして軽く打ち合わせ、ジャックは不安げに見られないように努めた。

なんとかうまく不安を隠せたようだ、とジャックは思った。顔が青いぞとか、手がピクピク動いているぞとか、ドミニクに言われなかったからだ。それどころか従兄は、シャベスがまだヘッドセットをつけていて、こちらの会話を聞き取れない状態にあることを、もういちどしっかり確かめてから、ふたたび身を乗り出した。

「ターゲット現場《ロケーション》に敵が何人いるかはわからない、とディングは言っているけど、ここだけの話だが、ヨットにいる悪党《バッド・ガイ》は五人のはずだ」

ジャックは首をかしげた。「どうしてわかったの?」

「消去法だ。おれたちと撃ち合う敵の役を演じられる〈ザ・キャンパス〉の人間を考えてみろよ。アダーラは誘拐された女の役をする。彼女、昨日《きのう》うっかり洩《も》らしてしまった。ジョンは当然、OPFOR――仮想敵部隊――のリーダーになる。かならず銃を持ってヨットにいる。あと敵の役をやれる者というと、四人の警備員、ゴメス、フレミング、ギブスン、ヘンスンだ」〈ザ・キャンパス〉は厳しい身辺調査をやって元軍人や元情報機関員を施設の警備員として雇っていた。グリーンベレーかSEALs《シールズ》(米海軍特殊部隊)にいたことがある者ばかりだった。ギブスンとヘンスンにいたっては、世界中のCIA《エージェンシー》の秘密施設を護る第一級の警備部隊であるCIAグローバル・レスポンス・スタッフに所属していたこともある。四人とも五〇代だったが、オリンピック選手のように壮健で、心身ともにタフ、不屈の精神の持ち主だった。シャベス、クラークとは長年の友でもある。

四人はまた、施設の警備に加えて、ときどき今日のように訓練を手伝うこともあった。全員が銃器、刃物による戦いだけでなく、格闘技のエキスパートでもあったからである。

ジャックは返した。「そうかもしれない。でもジョンは前にもカーブを投げたことがある。かつて戦闘員《シューター》だったこともある情報分析部門の男を二人ばかり〝助っ人〟として投入しているかもしれない。たとえば、マイクとルディーとか？　たしか二人とも陸軍の歩兵だった」

ドミニクはにやっと笑った。「そのとおり、レンジャー連隊出身だ。だが、ルディーは今朝いちばんにオフィスからおれに電話してきた。ルディーはおれのヴァンを買おうかと考えていてね、『昼食休みにそちらの家に寄って、ちょいと試し乗りしたいから、鍵《かぎ》をシートの下に置いておいてくれないか』と言った。『マイクもいっしょに行く』とも言っていた」

今朝の訓練で悪党を演じるために、ヴァージニア州アレクサンドリアのオフィスから二時間半、車を運転してやって来たかもしれない組織の要員がほかにいるのではないかと、ジャックは考えてみた。「ドナ・リーはFBIだった。彼女はサブマシンガンを上手にあつかえる」

ドミニクは返した。「アダーラに聞いたんだが、ドナは水曜日にクロスフィットをやって膝を捻挫《ねんざ》した。二週間は松葉杖《クラッチ》が必要だ」

今度はジャックがにやっと笑った。「いやいや、ずいぶん真面目《まじめ》にいろいろ考えたもんだね」

「現実の世界では、おれもきみも、こちらを撃ち殺したがっているクソ野郎どもにいやというほど出くわす。訓練のときくらい無傷でいたいし、今日はとりわけシミュニションをあそこに食らいたくないんだ。今度の週末には予定があってさ。必要に迫られたときにはズルもする」

ジャックは笑い声をあげた。パラシュートをパックする自分の技量への自信のなさや、これからしなければならないジャンプへの不安から気をそらさせてくれて、ありがたかった。「週末に予定があるって、何なの?」

ドミニクは正直に答えようかどうか考えているようだった。だが、ちょうどそのとき〝ディング〟・シャベスがヘッドセットをはずしたので、ドミニクは急いで身を引いてジャックから離れた。

「なに二人でひそひそ陰謀をめぐらしているんだ?」

二人ともにやりと笑っただけで黙っていた。

シャベスは片眉《かたまゆ》を上げた。「あと二分でジャンプだ、ジャック。きみは敵に気取られないようにヨットの後方三〇〇ヤード（約二七四メートル）ほどのところに着水する。むろんいまは昼間だから、現実の世界なら、後方に目をやっている見張りがいればきみは確実に見つかってしまう。だが、これは訓練だ。船上のOPFORはずっと船内に目を向けつづけていなければならないことになっている。だからきみはヨットまで見つからずに泳いでいける。わざと目立つような真似《まね》をしないかぎり」

ドミニクは言った。「そうそう、黄色い大きなゴムの家鴨《あひる》のなかに入って犬かきで近づいてはいかん、ということだ」

ジャックは親指を立ててシャベスに〝了解〟の仕種をして見せた。

「きみがハッチから跳び出したら、ヘレンが機を高度六〇〇〇フィートまで上昇させ、おれたちはそこからジャンプし、直接ヨットの甲板に降りる。降下中にターゲットを見つけ出し、着地と同時に排除する。おれたちが甲板に着地してハーネスを剝《は》ぎとるときにはもう、きみは船尾ステップをのぼっていて合流できる状態になっていないといけない」

「はい、了解です」ジャックは応えた。ということは、懸命に泳がないといけない。

うしろの窓から見えるチェサピーク湾はあんがい波が荒そうだった。

と、そのとき、チェスター・〝カントリー〟・ヒックスが副操縦士席から離れ、ドアを抜けて客室に入ってきた。そしてレバーを動かし、大きなハッチを横に滑らせてあけた。すでにうるさかった客室内に機関車さながらの轟音《ごうおん》が満ち、空気が凄まじい勢いで飛びこんできた。飛行速度は九〇ノット（時速約一六七キロ）にまで落とされていた。

　ヒックスが指を一本立て、〝ジャンプまであと一分〟であることを示すと、ジャックは自分の体を引っぱり上げるようにして立ち上がり、シャベスも同時に立ち上がった。ジャックはふたたびドム（ドミニク）と拳を軽く打ち合わせてから、ひらいたハッチへ近づいていった。

　いっしょに客室内を移動していたシャベスが身を寄せてジャックの耳に口を近づけた。「いいか……忘れるなよ」

　ジャックは首をかしげ、今度は自分がシャベスの耳に口を寄せた。「忘れるなって、何をですか？」

「ぜんぶだ。何ひとつ忘れるな」シャベスはにやっと笑うと、自分より二〇歳ほども若い同僚の背中をポンとたたき、あいているハッチのほうを指さした。「時間だ、ジャック。さあ、やればできる！」

　ジャックはこみあげてきた吐き気と戦いながらヒックスからの合図を待った。そして合図が出るや、機外へ跳び出した。

3

七分後ジャック・ライアン・ジュニアは、〈ヘイル・シーザー〉の船尾ステップのそばの海面に浮かび、身を上下に揺すられていた。〈ヘイル・シーザー〉は〈ザ・キャンパス〉の長ジェリー・ヘンドリーの友人が所有する全長七五フィートのノードへブンのヨットで、チェサピーク湾の北部に位置するカーペンター岬《ポイント》の沖、サスケハナ川河口から東へ数マイルのところに錨を下ろしていた。

ジャックは泳ぎ疲れていた。サスケハナ川だけでなくノースイースト川までもが癪《しゃく》にさわった。どちらも河口から南へ向かって沖のほうまで流れこんでいて、泳ぎを邪魔したからだ。ジャックは足ひれ《フィン》とシュノーケル・ダイヴィングマスクをつけていただけで、スキューバタンクなどは装着していなかったので、ほぼずっと海面上を泳いできた。荒波のせいで一ヤード進むのにも苦労しなければならなかったし、シュノーケルも波をかぶって、かなりの海水を飲むはめにもなった。だから、いらなくなった装備を船尾ステップにかけて減音器《サプレッサー》付きのサブマシンガンの準備をしているいまも、まだすこし吐き気がする。

ジャックは腕時計に目をやり、なんとか予定時間に間に合ったことを知った。と、そのとき、ちょうどタイミングを合わせたかのように、防水ヘッドセットから〝ディング〟・シャベスの押し殺した声が聞こえてきた。「こちら1《ワン》、位置についた」次いでドミニクの声が通信ネットワークを通して聞こえた。「こちら2《ツー》、時間どおり、現在ターゲット上」

ジャックの連絡は従兄のものほど頼もしくなかった。「こちら3《スリー》、すでに到着、これから上がる」

「了解した《ラジャー・ザット》」シャベスは応えた。「おれたちはきみの真上にいる」

ジャックが船尾ステップをのぼっていくと、黒ずくめのシャベスとドミニクが見えた。二人のパラシュートはすでに丸められ、船尾主甲板の厚く巻かれたロープの下に隠されている。そして、二人のわずか数フィート前には、〈ザ・キャンパス〉警備員のひとりで今回OPFORをやっているデイル・ヘンスンがいて、背中を右舷《うげん》にもたせかけて甲板にぺたんと座っていた。彼のカーキ色のジャンプスーツの胸には赤い染みが二つついていて、そばのチーク材の甲板にはサブマシンガンが一挺《ちょう》転がってい
る。

ヘンスンはポケットからとりだしたキャンディーバーを食べながら、まだ訓練中なのに死んだふりをすることもなく三人の襲撃者を見上げていた。

彼はジャックにウインクしてから、胸に二発食らったんだと言わんばかりに、戯《たわむ》れに目を裏返すような仕種をして見せた。

「かわいいな」シャベスが思わずささやいた。そして言った。「フレミングが最上船橋にいた。おれたちの空からの降下を気取られる前に、ドムが背中にシミュニションをお見舞いした」

ジャックはうなずいた。OPFORの二人を最低限の音しか立てずに片づけたので、二人ともトランシーヴァーで仲間に注意をうながす時間もなかった、ということになる。

三人の〈ザ・キャンパス〉工作員は一列にならんで突入隊形をとり、ラウンジへ通じるドアへ向かって右舷の甲板上を移動していった。

先頭はシャベスで、そのすぐうしろにドミニクがついた。しんがりを務めるジャックは、すぐ前のドミニクが右手を上げて三本の指を突き出すのを見た。それでドミニクは、対処しなければならない敵はあと三人、と密《ひそ》かに従弟に知らせているのである。むろん、セスナの機内で披露した推理に基づいて。

ラウンジへ通じるドアの直前でシャベスは足をとめ、手を振ってジャックに前へ出るようながした。ジャックは前進して頭を下げ、ドア上部の小さな覗《のぞ》き窓の下まで移動すると、HHIT2――手持ちサイズの小型偵察装置――をとりだした。それは自由に曲げることができる長い首《ネック》がついたファイバースコープ型のミニ・ビデオカメラだった。ジャックはそのネックを曲げてからレンズがついている先端をゆっくりと覗き窓まで上げていった。そうするあいだもずっと携帯電話サイズのモニターから目を離さなかった。半インチほどの幅しかないカメラがラウンジの内部を捉え、ジャックが見つめるモニターに表示した。いた、仮想敵役を演じる他の二人、パブロ・ゴメスとジェイスン・ギブスンが椅子に座ってテレビを見ている。二人とも保護眼鏡をかけ、拳銃を腰に差し、手を伸ばせばとれるところにサブマシンガンを置いていた。

ジャックはシャベスとドミニクに指を二本立てて見せた。

ジャックはモニターに目をやったままだった。ゴメスが手を伸ばして、そばのテーブルに載っていたトランシーヴァーをとり、何やら話すのが見えた。が、ゴメスはすぐに不安げな表情を浮かべた。甲板にいるはずのヘンスンとフレミングから応答がなかったのだ、とジャックは推測した。

ゴメスはトランシーヴァーを落とすや、椅子から弾けるように立ち上がり、サブマシジガンをつかみとろうとした。ギブスンもどういうことなのかを察し、すぐさま同じことをした。

ジャックはモニターから目をそらし、偵察装置を背中のくぼみのところのベルトに留めていたボディーバッグに仕舞いこむと、SIGザウエルMPXサブマシンガンをぐいとつかみ上げた。そしてそうしながらシャベスのほうへ顔を向け、切迫感をあらわにして声を押し殺した。「ばれた！」

〝ディング〟・シャベスは手を伸ばしてドアのレバーをつかみ、ジャックはサブマシンガンのセレクターを弾いてフルオートに合わせ、発砲の準備を終えた。シャベスがレバーを下げ、片方の足でドアを押しひらいた。

と同時にジャックは発砲し、二人の男たちを巧みにねらって連射した。最初の三弾がパッドでふくらんだギブスンのチェスト・リグに命中し、つづく三弾がやはり、MP5サブマシンガンを侵入者たちへ向けて上げはじめたゴメスの同じところへ飛びこんでいった。二人ともうしろへ弾かれ、もとの椅子へ倒れこみ、サブマシンガンを膝に置いて両手を挙げた。

ジャックはすぐさまラウンジに飛びこみ、サブマシンガンを振って、外から見えなかった部分へ次々に銃口を向けていった。そのジャックの横をシャベスとドミニクがシュッとすり抜け、二人とも下層へと下りる梯子《はしご》状のステップへ突進した。

ジャックも二人に遅れずにつづいた。三人とも急いでいた。なぜなら、ジャックのサブマシンガンは減音器《サプレッサー》付きとはいえ、かなりの音を発し、このヨット上には人質がひとりいたからである。フルオートで弾丸を発射する機械音は船内に響きわたったはずで、それによって人質は危険にさらされるにちがいなかった。

三人は素早く効率よく下層の個室を調べていった。手分けして事にあたらず、三人いっしょに一部屋ずつチェックしていった。個室はぜんぶで四室あり、最初の二部屋にはだれもいなかった。ドミニクが三部屋目のレバーを静かに下げ、ドアを押しあけると、なかにアダーラ・シャーマンがいた。彼女はベッドに座り、コーヒーマグを手にして、膝《ひざ》の上に雑誌を広げていた。

アダーラは雑誌から目を上げもしなかった。「わー、救出されちゃった」からかうような口ぶりだった。

アダーラ・シャーマンはいちおう〈ザ・キャンパス〉の輸送部長ということになっていたが、ほかにもいろいろな職務をこなしていた。今日は人質の役を演じるためにここにいるということはドミニクにもわかっていた。それでも、アダーラに爆弾が仕掛けられている可能性もあったし、彼女がストックホルム症候群におちいって拳銃を与えられ、救出しにきた者たちを撃てと命じられたというシナリオになっている可能性もある。そのあたりのことはだれにもまったくわからない。だからドミニクはMPXサブマシンガンを肩まで上げて銃口をアダーラの胸に向けつつ近づいていった。だが、そのとき、チラッと顔にすまなそうな表情を浮かべ、一瞬だが集中力が途切れてしまい、アダーラの右手にあるバスルームをすぐにはチェックしなかった。

このミスに自分でもすぐに気づいたが、その瞬間、背後の通路にいる従弟の声が聞こえた。「敵発見《コンタクト》！」

残っていた四番目の個室のドアが勢いよくひらき、そこにジョン・クラークが立っていた。銃床を肩にあててMP5サブマシンガンを構え、ゴーグルで目を護っている。間髪を容《い》れず発砲したが、たったの一発しか撃てなかった。すぐさまドミンゴ・シャベスに撃ち返され、胸に三点バーストを受けてしまったからだ。クラークはサーマル・ヘンリーネックのシャツを三枚重ね着した上に古い厚手のキャンヴァス地のコートを着こんでいたので、シミュニション被弾の衝撃による痛みを最小限に抑えることができているはずだった。

ただ、クラークにもシミュニション被弾の経験はたくさんあり、彼がそれを好きでないこともシャベスにはわかっていた。

人質のいる部屋のなかでドミニクは、シャベスが大声で通路の脅威を排除したと伝えるのを聞き、自分たちが敵の戦闘員全員を斃《たお》したと確信し、サブマシンガンをすこしだけ下げた。もうバスルームを調べるまでもない。ドミニクはアダーラのほうに向きなおった。人質を救出した場合には必ずそうするように彼女のボディーチェックをするつもりだった。

ドミニクがボディーチェックをするあいだ、ジャックが部屋と通路のあいだのドア口からドミニクを掩護《えんご》した。部屋の左側にあるトイレ、洗面台、シャワーからなる小さなバスルームをドミニクがまだチェックしていないことをジャックは知らなかった。

ドミニクはバスルームに背を向けていて、そこのシャワー・カーテンのうしろから拳銃《けんじゅう》があらわれるのを見ることができなかった。しかも、そのシャワーはジャックの視界の外にあり、彼もまたその脅威を見られなかった。

拳銃の発砲音が部屋に満ちてようやく、ドミニクもジャックもしくじったことに気づいた。ドミニクは左右の肩甲骨のあいだにシミュニションをまともに食らってアダーラのほうへつんのめり、さらに二発目を被弾した。殺《や》られたら両手を挙げることになっていたが、そうする間もなかった。

ジャック・ライアン・ジュニアはギョッとして小部屋に駆けこみ、ベッド上のドミニクとアダーラの先へダイヴし、フルオートでシミュニションをバスルームのなかへ撃ちこんだ。人質が撃たれる前に脅威を排除しようと必死だった。

シミュニションがシャワー・カーテンを激しくたたき、まるで本物のフルメタルジャケット弾のようにそれをズタズタに切り裂いた。

「あっ痛《いた》！　オーケー！　殺られた！」ケンタッキー訛りとはっきりわかる声が飛び出してきて、たちまちジャックはヤバイと思い、冷や汗をかいた。

ジェリー・ヘンドリー、元上院議員、〈ザ・キャンパス〉の長だ。そのジェリー・ヘンドリー本人が、シャワー・スペースから歩み出てきた。赤い染みだらけで、首の側面をしきりにさすっていた。そこに紫色のひどいミミズ腫《ば》れができていて、それがどんどん大きくなっていく。「いや、まいった、クラークの言うとおりだった。この忌《い》まいましい偽弾《にせだま》野郎は痛いよ！」

「ジェリーだったとは？」ジャックは声をかすれさせた。ジェリー・ヘンドリーは六〇代後半で、鶉《うずら》狩りくらいならやったことがあるかもしれないが、戦闘員では絶対になかった。これまでに〈ザ・キャンパス〉の訓練に立ち会ったことさえ一度もなかったし、むろん参加したことなどまったくない。

そのヘンドリーが、いったいなぜここにいるのか、ジャックには推し測ることもできなかった。「ほんとうに申し訳ありません！　知らなかったんです――」

ジョン・クラークが通路から声をあげた。「戦闘やめ！　訓練終了！　武器を安全に！」

ジャックは親指でセレクターを安全《セーフ》の位置にずらしてから手をはなし、サブマシンガンが負い紐《スリング》で胸の前に吊《つ》り下がるままにした。

アダーラがベッドから弾けるように立ち上がり、保護眼鏡を剝ぎとってジェリーに駆け寄った。「ミスター・ヘンドリー、上にわたしの救急キットがありますから、いっしょに来てください。ひどい傷を消毒し、絆創膏《ばんそうこう》を貼《は》ります」

ジャックはもういちど謝ろうとした。「申し訳ありません、ジェリー。あなたがいるかもしれないとほんのすこしでも思っていたら――」

ヘンドリーはまだ痛そうにしていたが、手を振ってジャックの言葉をさえぎった。「わたしもOPFORに加わっているかもしれないと、きみたちがほんのすこしでも思っていたら、いい訓練にならないじゃないか。わたしを撃つのは当然で、何の問題もない」

「うーん……イエス・サー」

ヘンドリーはつづけた。「むろん、射撃技術というものをもうちょっとよく理解しておくべきだったよ。胸に一、二発は食らうってジョンに言われたんで、パッド入りのヴェストをつけていたんだが。まあ、そういうことだ」

ジャックがフルオートで放ったシミュニションは、ヘンドリーの両腕、首、胸、腹、そして右手にも当たってしまった。手と首は出血していたし、シャツの片方の袖《そで》は切り裂かれていた。

アダーラに導かれて部屋から出て、上のラウンジへのぼるステップへと向かう途中、ヘンドリーは狭い通路にいたクラークを見つめた。「いやはや、ジョン、きみの言うとおりだったな。えらいことになってしまったが、きみの主張は正しいと証明された」

ジャックは顔を上げてクラークを見やった。いつも平然としていて決してうろたえない六七歳が、いまはバツが悪そうにし、困惑をあらわにしていた。

「すみません、ジェリー。ですから、こんなふうになってはいけないのです、どんな状況でも」

いまやジャックもドミニクといっしょにベッドに座っていた。三〇歳ほどの二人が、授業をさぼったのを見つかって校長室に呼び出された生徒のように見えた。

シャベスが部屋の壁に寄りかかって言った。「おいおい、ジャック、秒速五〇〇フィートですっ飛ぶシミュニションをたっぷり一ダースほど近距離からボスに浴びせちまったな。これじゃ、ボスも、あと一週間は雀蜂《すずめばち》の巣に突っ込んでしまったかのような痛みに耐えなければならないぞ」

「そもそも、なんでボスがここにいなければいけないんですか?」ドミニクが愚痴った。

ジョン・クラークもこのバスルーム付きの主室に入ってきて、ドアのそばに立った。

「ジェリーがここにいたのは、ボスにも自分の目で確認してほしいとおれが思ったからだ。工作員が三人だけでは〈ザ・キャンパス〉は安全に現場仕事をこなすことはできない。これまでは運よくうまくいっているが、幸運はいつまでもつづくわけではない。早いところ現場の作戦活動に投入できる新たな要員を見つけて、おれたちの負担を軽減するか、それとも、引き受ける仕事を厳選して活動を大幅に縮小するか、そのどちらかだな」

シャベスはうなずいた。「まあ、そうしなければいけないということが今回の訓練でもわかったわけだ。ドムは死んだ、背中に二発食らってね。きみはバスルームを調べなかったのか?」

ドミニクは答えた。「敵の悪党は五人だと予想し、そう思いこんでしまっていたんです。で、五人目が排除されて、油断してしまった」

「ということは？」シャベスは問うた。

ドミニクはシャベスをじっと見つめた。言い訳をするつもりはまったくなかった。

「おれがすべてを台無しにしてしまったということです」

クラークは今日の訓練の結果が気に入らず、不満を隠さなかった。「出だしはかなりうまくいった。ジャックのジャンプはよかった。双眼鏡でしっかり観察していた。三人とも、文句のない襲撃ぶりだった。素早く人質のところへ到達し、スピード、奇襲、激烈さを利用して五人の敵をまたたくまに排除してしまった。しかし、戦闘でいちばん大切なのは、どう終わらせるか、だ。きみたちは今回の訓練では人員の三分の一を失った。どう見ても不合格だな」

これにはだれも言い返せなかった。

クラークはつづけた。「装備をすべて掃除し、〈ザ・キャンパス〉の保管ロッカーへもどせ。三人とも、週末は休んでいい。だが、宿題を課す。〈ザ・キャンパス〉工作部に新たな要員を二人迎えたい。それぞれ考え、候補者をひとり提案できるようにしてこい。それが宿題だ。月曜の朝、みんなで会って検討する。そのあとおれが、だれがいいかしっかり吟味し、さらにジェリーと話し合い、いちばん有望な者たちを推薦する」

ドミニクが言った。「警備員のなかからひとりは選べるんじゃないでしょうか？」

クラークは首を振った。「みな妻子持ちで、子供がまだ小さい。しかも、全員がすでに何十年ものあいだ国に仕え、過酷な職務を果たしてきた。だから、いま甲板とラウンジにいる連中は適任ではない」

ジャックはクラークの判断に納得した。やはりここは〝新たな血〟が必要なのだ。〈ザ・キャンパス〉の外から新しい人材を見つけてこなければいけないのである。クラークは二年前にいちおう現場仕事から引退し、本部勤めとなった。それよりも前、ドミニク・カルーソーの双子の兄ブライアンが工作チームの一員として活動していたが、リビアでの作戦中に殉職してしまった。そして、その穴を埋めたサム・ドリスコルもメキシコで命を落としてしまった。それ以来、〈ザ・キャンパス〉の工作員はたったの三人になっていた。

この週末はたっぷり時間をかけて、だれを〝助っ人〟としてチームに入れたいか、じっくり考えることにしよう、とジャックは決心した。なにしろ、世界の紛争地域は熱くなりっぱなしで少しも冷めようとせず、人員不足のままでは〈ザ・キャンパス〉

は所期の目的を達成できず、存在価値がなくなってしまうのだ。

一〇分後、ジャックは上層のラウンジへもどり、もういちどジェリー・ヘンドリーに謝罪した。ヘンドリーはふたたび手を振って若き工作員の不安を払ったが、そのときにはもう絆創膏をいくつも貼られ、もう一方の手には冷えたハイネケンの瓶があった。

ジャックはもうほんとうにこの仕事をきっぱりやめたくなった。命令違反で六カ月の停職処分にされ、最近ようやくジェリー・ヘンドリーに許されて〈ザ・キャンパス〉の仕事に復帰したばかりなのである。

それなのにこのざまだ。

信頼してくれたジェリーに対して、こんな感謝のしかたなんてない。

4

テヘランのエマーム・ホメイニー国際空港は外国人にとって世界一快適な空港ではなく、それはだれにでも予想できることで、べつだん驚くべきことでも何でもないのだが、それでもアリタリア航空756便の乗客たちは、ほぼ五時間のフライトのあと、飛行機から降りて脚を伸ばせるようになるのが嬉《うれ》しかった。機外へ出て搭乗《ボーディング》ブリッジを歩いていた外国人ビジネスマンの多くにとって、五時間の空の旅はたいして長いものではなかったが、彼らの大半はこれまでにもこの空港の国際線到着便ターミナルビルを通過した経験があり、これから税関・入国審査を長々と受けなければならず、空港から出てホテルに向かえるようになるまでにはかなりの時間がかかると覚悟していた。

ただ、ひとりだけ、自分はすぐに外に出られると思っている者がいた。ボーディング・ブリッジをのんびり歩いてターミナルビルのなかに入ろうとしていたその男は、イラン政府に招かれてこの国を訪れたことがすでに何度もあり、自分はいまいっしょに歩いている他の旅行者たちよりもずっと簡単に入国審査を通過できるとわかっていた。だから、まわりを歩く者たちを憐《あわ》れむ気持ちさえ起こった。彼はイランのさまざまな連邦政府機関と直接仕事をしてきたビジネスマンで、それゆえ、飛行機から降りたらすぐ、世話役に出迎えられることになっていた。そしてその世話役は彼がイランにいる三日間ずっとそばから離れず、通訳と政府機関との連絡役を務める。さらにこの特別な旅行者は、自分専用の運転手がすでに外の違法駐車レッカー移動ゾーンにとめられた政府公用車と一目でわかるメルセデスのなかで待っていることも知っていた。その運転手は、ビジネスマンの滞在期間中ずっと、彼とその世話役が望むどんな場所にでも、無秩序に広がるテヘランのどこにでも、二人を運んでいってくれることになっていた。

四〇代のイラン人がボーディング・ブリッジの出口の壁を背にして立っていた。背の高い三〇代の金髪の男がローマからの便の乗客たちの列からはずれて手を振ると、それに気づいたイラン人の顔に笑みが大きく広がった。

金髪の男は車輪付きの機内持ち込みサイズのスーツケースを引っぱり、ブリーフケースを持っていた。英語で言った。「ファラジ！　いやあ、嬉しいなあ、また会えましたね」

ファラジ・アフマディはもじゃもじゃの口髭《くちひげ》をたくわえた、豊かな黒髪の男で、ダークブルーのスーツを着ていたがノータイだった。胸の心臓のあたりに手をあてて頭をすこし下げてから、手を差し出した。その手はイランに到着したばかりの男に強くにぎられた。「お帰りなさい、ミスター・ブルークス。またお会いできて嬉しいです」西洋人は顔に浮かべていた笑みを引っこめ、わざと渋面をつくって不機嫌そうにして見せた。「ええっ？　また繰り返さないといけないんですか？　ミスター・ブルークスと言うと、わたしの父になっちゃう。だから、ロンと呼んでくれって何度も頼んでいるじゃないですか」

ファラジ・アフマディはふたたび慇懃《いんぎん》に頭を下げた。イラン人は言った。「ああっ、そうでした、ロン。なんて忘れっぽいんでしょう。空の旅は順調でしたか？」

「トロントからローマまではほぼ眠りっぱなし。そしてローマからここまではずっと仕事をしていました。まあ、どちらのフライトも、それなりに実りのあるものでした」

「それはよかった」ファラジはブルークスのスーツケースのハンドルをつかむと、もう一方の手で入国審査エリアのほうを示した。「さて、この空港での手続きについては、もうよくご存じですよね」

ブルークスは返した。「もう眠っていてもできますよ。実は、入国の手続きをしている夢を一、二回見たような気がします」

ファラジの笑みがさらに大きくなった。「こちらにはそれは、もうよく、お、い、で、ですものね？」

ブルークスはブリーフケースだけを持ち、スーツケースを引いてくれるファラジといっしょに歩いていった。「先日、カレンダーを見て確認してみました。この三年間に一五回この国を訪れていて、今回は一六回目です。一年に五回以上ということになります」

イラン人のたっぷりした口髭の下の口がもっと広がって、笑みが一段と大きくなった。ファラジ・アフマディはイラン政府の職員だったが、ブルークスが会ったうちでは最も明るく感じのよい表情を浮かべる者のひとりだった。「あなたはいつだって大歓迎です。われわれは今後もこれまでのようにあなたにお会いしたい。カナダからの旅がこれからもずっと、いままでどおりたやすくできますようにと、わたしの同僚たちも祈っています」

「そうなんですよ。ここのところ、渡航禁止になるんじゃないかというニュースが流れていて、わたしも心配になっているんです」

二人は左へ折れた。すると、入国審査ブースの前に夥《おびただ》しい数の人々が並んでいるのが見えた。パスポート類のチェックを受けるために待たされている者たちだ。その数は三〇〇人を軽く超えている。だが、二人は歩きつづけ、列の左のほうへと向かい、そのままだれもいない通路を進んでいった。

ファラジは言った。「国連が渡航禁止などの措置を講じず、あなたのようなビジネスマンがこれまでどおり仕事をしつづけられますようにと、われわれはみな祈らずにはいられません」

「まったく同感です」ブルークスは応《こた》え、ちょっと間をおいてから言葉を継いだ。「まあ、欧米のいくつかの国とあなたの国との新たな不和がだれのせいで起きたのかということに関しては、わかっているわけですけどね」

ファラジは相変らず微笑《ほほえ》んだままだったが、うなずいた。「そのとおり。わたしは一介の世話役で、政治家でも外交官でもありませんが、ニュースは見ています。明らかに今回もまた、アメリカのあの大統領が平和を愛するわが国に対して拳《こぶし》を振るっている、というわけです」

ブルークスは言った。「人前では名前を口に出したくない？　わかりました。では、わたしが言って差し上げましょう。それはすべて、あのなんとも忌まいましいジャック・くそ・ライアンのせいです」

ファラジはついに笑い声をあげた。「あなたがそんな言いかたをしても、ここではだれも気にしない、と思います」

二人はトイレの前にさしかかり、いつも親身になってくれるファラジが言った。「入国審査は数秒しかかかりませんが、今朝のテヘラン・サーヴェ自動車専用道路は混んでいましてね、渋滞ぎみなんです」手で男性用トイレを示した。「もしよかったら――」

「いや、その必要はありません、ファラジ。着陸する前に機内ですましてきました」ブルークスは友にウインクした。「わたしはビジネスマンなんでね、そういうところは抜かりありません」

数秒後、二人は入国審査ブースの前に立っていた。そのVIP用入国審査通路のブースのなかに座っていた担当官は、背の高い金髪碧眼《へきがん》の男がだれだかわかりさえした。ファラジの見事な英語にくらべたらずっと劣るが、それでも充分に通じる英語で、その白髪の入国審査官は言った。「おはようございます、ミスター・ブルークス。ようこそ。またイラン・イスラム共和国へおいでいただき、ありがとうございます」

「いえいえ、こちらこそ、サー」ブルークスは返した。ブリーフケースを床に置きさえしなかった。数秒後には外で待つ車に向かってふたたび歩きはじめられるとわかっていたからだ。

ブルークスはヴィザがなかに貼り付けられているカナダのパスポートを手渡すと、カメラの前に立ち、撮影がすむまで微笑みつづけた。そして、目の前のカウンター上に置かれていた指紋読み取り装置の緑色のライトがともってから、これまでの一五回とまったく同じように親指をセンサーにあてた。

「今回はどれくらい滞在するご予定でしょうか、ミスター・ブルークス」入国審査官は尋ねた。

「たったの三日です、残念ながら。出席しなければならない会合が二、三ありましてね、そのための短期滞在です」

「なるほど、わかりました、サー」入国審査官は座ったままキーボードのキーをいくつかたたいた。

そのときにはもうロン・ブルークスは世話役のほうを向いていた。「今日の最初の予定は何ですか、ファラジ？」

ファラジ・アフマディはカウンターのうしろに移動していた。彼はもう数えきれないほど、イラン政府とビジネスをする者たちを迎えに来ていたので、いまでは空港の職員同然に振る舞っている。ファラジは自分が持ってきた書類をわきに置いて、コンピューター・モニターをちらっと見やった。カナダ人を入国審査エリアの外に出す準備をはじめるところだった。「マレク・アシュタール通りにある、あなたがお気に入りのレストランで昼食をさっとすませてから、ホテルへ行って、疲れを癒《いや》してもらおうかな、と思っているんですが。そして今夜のディナーをともにすることになっているのは――」

ファラジは途中でしゃべるのをやめた。顔にずっと貼り付いていた笑みが揺らぎ、戸惑いの表情がほのかに浮かび上がった。イラン人は入国審査官のほうへ顔を向け、ペルシャ語で何やら言った。

制服姿の入国審査官はペルシャ語で応え、キーをさらにいくつかたたいた。いままでにこやかだった彼の顔にも困惑の表情が浮かんだ。

二人のイラン人は小声であんがい真面目に話し合いはじめたが、ブルークスはペルシャ語を解しなかったので、微笑みながら腕時計に目をやった。イラン人たちがさらに数秒話し合ったところで、ブルークスはふたたび自分の世話役をチラッと見やった。そして、ファラジ・アフマディの顔には困ったような表情があるぞと思った。

カナダのビジネスマンはブリーフケースを床に置いた。これはすこし時間がかかりそうだと思ったからだ。「何か問題でも、ファラジ?」

ファラジは即座ににっこり笑って見せた。「ノー、ノー。何でもありません」ファラジは座ったままの入国審査官にふたたび話しかけ、ふざけて同胞の肩をギュッとにぎり、何やら口にした。ジョークのようで、二人ともにやっと笑った。だが、入国審査官のキーのたたきかたが前よりも速くなっていることにブルークスは気づいた。制服姿のイラン人は首をかしげ、まだモニター上の何かを見つめている。

ブルークスはこれまでに一五回もここの入国審査を通過していたが、こんなふうになったのは初めてだった。

二人のイラン人がまたしても言葉をかわしたので、カナダ人は言った。「どうしたんだね、ファラジ?　元妻の要請でわたしが広域指名手配になっているとでもいうのかね?」

ファラジは頭をかいた。「指紋読み取り装置がちょっと誤作動した、それだけのことだと思います。すみませんが、もういちど親指をあててみてくれませんか?」

ロン・ブルークスは芝居じみた仕種《しぐさ》で親指にフーッと息を吹きかけてから、それをふたたびセンサーにあてた。「いったいどこからこんなものを買い入れたんですか?　わたしがもっと高性能のものを海外から手に入れてきてあげますよ。しかも、いまのものより安く売ってあげます」

ファラジは微笑んだが、目は相変らずコンピューター・モニターに釘付《くぎづ》けになっていた。

入国審査官はにこりともしない。彼の手がスッと机の下に入った。それを見たファラジが怒りをあらわにし、声を尖《とが》らせて何やら言った。入国審査官はすまなさそうに言葉を返した。むろんペルシャ語だったのでやりとりの内容はブルークスにはわからなかったが、椅子《いす》に座っている入国審査官が何らかのボタンを押したことだけはわかった。すぐに税関・入国審査の担当官がもう三人やって来て、モニターを見つめた。三人のうちのひとりは私服で、スーツのラペルに徽章《きしょう》をつけていた。

ブルークスは冗談を飛ばした。「五月の出国時にピスタチオをポケットに入れて持ち出したけど、やっぱり申告すべきだったか」

ファラジはもう笑みさえ浮かべなかった。カナダ人のジョークを聞いてもいなかった。政府から派遣された世話役は、新たにやって来た上級担当官がいかにもプロらしく穏やかに話す言葉に耳をかたむけていた。そしてファラジは、ブルークスがいままことがないほど焦《あせ》り、熱くなってペルシャ語で受け答えした。彼はいつもは不つもなさそうな落ち着いた温和な男なのだ。

話し合いが終わって、ファラジ・アフマディはブルークスのほうを向いた。「申し訳ありません、ロン。今日はコンピューター・システムに何らかの問題が生じたようです。いや、ほんとうに、こんなことはいままで一度も起こらなかったんです。すべて、もとどおり復旧させます。ですが、それまではあなたのヴィザも処理できません。すみません、わたしといっしょに待合室まで来てくれませんか？　復旧作業が完了するまで、そこでコーヒーでも飲んでいましょう」

ロン・ブルークスはほんの少し肩をすくめ、顔に薄く笑みを浮かべた。「いいとも、ファラジ。仰《おお》せのとおり、何でもします」

「ほんとうに申し訳ありません」

「まあまあ、そう気にしないで、マイ・フレンド。アメリカを訪れたときなんて、ひどいもんでね、わたしがどれほど我慢しなければならないか、あなたにも見せたかったくらいだ。あそこの空港には不愉快きわまりないクソ野郎がいっぱいいるんです」

そこは待合室にはとても見えなかった。ロン・ブルークスが導き入れられたのは一五フィート四方もない小部屋で、窓もなく、あるのは質素なテーブルとそのまわりに置かれた三脚の椅子だけだった。そして壁には、エマーム・ホメイニー国際空港のポスターと現職の大統領の写真が剝《む》き出《だ》しのまま貼られていた。

さらに、大きな鏡がひとつの壁いっぱいに広がり、角《すみ》の高いところに取り付けられたカメラのレンズがまっすぐテーブルをにらんでいる。

そこがどういうところなのかブルークスは知っていた。〝告解室〟なのだ。つまり、密輸実行犯が連れてこられ、荷物を徹底的に調べられるところ。

戦闘装備を身につけ、自動小銃を胸の前にかかえている武装警官が三人、ドア口に立っていた。すこしは好奇心があるようで、彼らはそういう目でブルークスを見やったが、緊張も動揺もしていないようだった。ブルークスがファラジのほうに顔を向け、あの三人はなぜあそこにいるのかと問うと、世話役は狼狽《ろうばい》し、青ざめた。「単なる規則です。すぐにみんながわれわれに平謝りしなければならなくなります、ロン。ともかく、コーヒーを運んできます。お好みの薄甘のものを。砂糖はひとつ」

ブルークスは友のイラン人に微笑みかけたが、笑みをむりやり浮かべるのがどんどん難しくなりつつあった。「いいですか、ファラジ、あなたのせいでこうなっているわけではないとわかっていますが、わたしはひどく疲れているんです、腹ペコなんです。わたしが何か悪いことでもしたかのように見張るこの小〝歓迎委員会〟もあまり好きにはなれません。ですから、ラスタニ将軍に電話して、こんなことをしている連中に圧力をかけてもらう、というのはどうでしょう？　そもそも、今週の会合にどうしても出席してほしいからなんとかテヘランに来てくれ、とわたしに言ってきたのは将軍なんです。将軍はここでいま起こっていることをお知りになりたいはずです」

イラン人の顔に希望の光がちらちら差しはじめた。「ああ、そうですね！　います ぐ電話します。まずコーヒーを運んできて、それから――」

「コーヒーは飛行機のなかで飲みました。先に将軍のオフィスに電話するというのはどうでしょう？」

ファラジはしっかりお辞儀をした。「わかりました。これですぐに外に出られます」

世話役が「問題を解決し、すぐにもどります」と約束して、狭い〝告解室〟を飛び出していってから二時間二〇分が過ぎても、ロン・ブルークスはまだひとりでテーブルに向かって座っていた。ファラジがもどる気配もコーヒーが運ばれてくる様子もまったくなかった。それに、廊下へのドアは施錠されていないとはいえ、警備の武装警官の数は三人から八人に増え、ブルークスがドアをあけて、英語を話す人はいませんかと言うたびに、自動小銃を胸の前にかかえる戦闘装備姿のおっかない顔をした若者が、ただ手を振って部屋のなかへもどるようながし、カナダ人の鼻先でドアをばたんと閉めた。

ブルークスは突っ立ったままでいたり、部屋のなかを歩きまわったりもしたが、いまはまた椅子に座っていて、腕時計に目をやった。怒りに駆られ、角の高所からにらんでいるカメラをまっすぐ見上げ、股間《こかん》を指さしさえした。小便をしたいということを教えるためだった。

それから数秒後、ブルークスがテーブルに突っ伏そうとしたとき、ドアがひらき、黒いスーツを着た男が三人、部屋のなかに入ってきた。微笑んでいる者はひとりもいなかったし、挨拶《あいさつ》や自己紹介をする者もいなかった。

冷たい視線を投げてよこす三人を、ブルークスは一人ひとり見つめ返した。こんなことはもうたくさんだった。苛立《いらだ》ちを隠そうとさえしなかった。「アフマディはどこですか？　通訳が必要です」

三人のうちの最年長の男が椅子に腰を下ろした。白いものがまじる顎鬚《あごひげ》をたくわえ、襟なしのシャツの上にスーツの上着をはおっている。ここ保守的なイランでは、ネクタイは欧米文化かぶれのリベラルの証拠と見なされているのだ。ブルークスもそのことは知っていた。ただ、ネクタイを禁止する規則まであるが、それを無視する者も多い。

むろん、この男も、ほかの二人の同僚たちも、その規則を遵守《じゅんしゅ》していた。

胡麻塩《ごましお》の顎鬚の男が言った。「通訳は必要ありません。われわれは三人とも英語を話します」

「なるほど。では、いったいどういうことなのか説明していただけるんですね？」

「はい、もちろんです。あなたのパスポートに深刻な問題があるのです」

ブルークスは首を振って見せた。「いや、あなた、それはありえない。わたしは問題のあるパスポートで旅行するような間抜けではありません。初めてこの国を訪れたわけではないのです」

「ええ、たしかに一六回目の訪問ですね」胡麻塩顎鬚の男は言った。一瞬、ブルークスはわけがわからなくなった。

「そう……そのとおり。そして、これまでの一五回のイラン訪問時に何の問題もなく使用できたパスポートをそのまま今回も提示したのです」

胡麻塩顎鬚は返した。「ええ、それはわたしも認めます。ただ、これまでの一五回はですね、サー、今回とはまったくちがいまして、あなたのパスポートに数行にわたる誤りがあることにわれわれは気づいていなかったのです」

これにはブルークスもたじろいだ。「誤りって、どこにですか？」

胡麻塩顎鬚は身をちょっとだけ前に乗り出した。「まず……名前が書かれている行です」

「わ……わたしには、どういうことかわかりません」

胡麻塩顎鬚は両手を引っくり返し、すまなさそうに両の掌《てのひら》を上げて見せた。「あなたの名前はロン・ブルークスではないのです」

「そんな馬鹿《ばか》な！　ホセイン・ラスタニ将軍に連絡し、訊《き》いてみて――」

「あなたの名前は」胡麻塩顎鬚は西洋人の大声よりもさらに大きな声で言った。「スチュアート・レイモンド・コリアーです」

ブルークスは首をかしげた。「えっ、だれだって？　あのねえ、誓って言うが……そんな名前、生まれてこのかた、一度だって聞いたことがありません」

「職業についても誤りがあります。あなたは国際購買・輸出会社のオーナーではありません。ほんとうはＣＩＡに雇われているんです」

「ＣＩ……ええっ、本気で言っているんですか？」ブルークスは突然弾《はじ》けるように立ち上がり、三人の男たちをギョッとさせたが、イラン人たちに背を向けて鏡の前を行ったり来たりしはじめた。「何なんですか、これは？　あんたら、わたしを動揺させて金を巻き上げようというんですか？」

三人の男たちは黙って顔と顔を見合わせた。

「高位の責任者を呼んでくれ。わたしはあんたらの政府の最重要人物たちときわめて密接に仕事をしているんだ」

白いものがまじる顎鬚をたくわえた男は盛大に肩をすくめて見せた。「それだからとっても心配なんですよ、当然ながら。いいですか、はっきり申し上げますが、あなたがイラン滞在中に接触したすべての者が、集められ、拘留され、長時間尋問されます。あなたに協力しなかったかどうか、しっかり調べられるのです。ラスタニ将軍も例外ではありません」

ブルークスは人差し指を座っている男のほうに突き出し、責めた。「こんなの、まったくのでたらめ、とんでもない嘘《うそ》っぱちだ。あんたらは証拠を見せる必要がある。できっこない――」

胡麻塩顎鬚は首を振ってブルークスの言葉をさえぎった。「われわれがする必要のあることなんて何もありませんよ、ミスター・コリアー。やらなければいけないことがあるのはあなたのほうです。あなたはわれわれが言うとおりにする必要がある。それから、お願いですから、できるだけ動かずにじっとしていてください。ご自身の安全のためです、言うまでもなく」

「ハッ？」

立っていた男たちのひとりが廊下へのドアをあけた。すると、戦闘装備姿の八人がすぐに入ってきて、スチュアート・コリアーだとイラン人たちが主張する男をとりかこみ、鏡が据え付けられている壁のほうへ向かせ、そこに押しつけた。彼は抵抗しなかったが、スーツの上着を引き剝《は》がされ、ベルトと靴までとられるにおよんで思い切り叫びだした。武装警官たちはかまわず徹底的なボディーチェックをおこなった。

「おれはスチュアート・コリアーではない！　おい！　よく聞け、クソ野郎ども！　おれはスチュアート・コリアーじゃないんだ！　そんな名前、聞いたこともない！　おれはCIAなんかじゃない！

ファラジ！　ファラジ・アフマディはどこだ？　イスファハニ博士に連絡してくれ！　ラスタニ将軍に！　おれがスチュアート・コリアーでもCIAでもないことをこいつらに教えてやってくれと、博士と将軍に頼んでくれ！」

彼は戦闘員チームにかこまれて空港の裏の廊下を移動させられた。イラン人たちはみな押し黙ったままで、彼だけが声をあげていたが、磨かれた黒の戦闘靴八足がタイル張りの床を打つ音はずいぶんと大きかった。

西洋人は足音に負けじと声を張り上げた。「とんでもない間違いだ！　だれか、カナダ大使館に電話してくれ！　おれはロン・ブルークスだ！　トロントに住むロナルド・チャールズ・ブルークスだ。スチュアート・コリアーなんかじゃない！」

彼が連れていかれたところは駐車場ビルだった。ＳＵＶのドアがひらき、まわりには数十人の男が立っていた。みな、警官か警備員にちがいない。カナダ人はファラジをやっと見つけた。だが、ファラジはもう一台の何のマークもない車に乗せられるところだった。

「ファラジ！　彼らに連絡してくれ！　頼むから連絡してくれ！」頭を押し下げられ、ほとんど体当たりされてＳＵＶのひらいたドアのなかへ突き飛ばされたが、その前にもう一度うしろを振り返り、絶叫した。「おれの名前はスチュアート・コリアーじゃない！　おれはＣＩＡじゃない！」

5

オーヴァル・オフィス（大統領執務室）でCIA長官はオークの机の向こうに目をやり、アメリカ合衆国大統領の心配そうな目をのぞきこんだ。「彼の名前はスチュアート・コリアー。CIAです」

テヘランでのCIA工作員逮捕についてジャック・ライアン大統領に報告していたジェイ・キャンフィールドCIA長官も落胆を隠せなかった。「なぜばれたのか、はっきりしたことはまったくわかりません」

「NOC《ノック》なのかね？」ライアンは訊いた。NOC（ノン・オフィシャル・カヴァー工作員）に関する情報はCIAの国家秘密活動部のなかでも最も秘密にされている極秘中の極秘だった。彼らは一般市民として海外で仕事をしつつスパイ活動をおこない、外交官という公式偽装《オフィシャル・カヴァー》を与えられていないので外交特権では護《まも》られない。いわゆる非合法《イリーガル》工作員である。

キャンフィールドはうなずいた。「そうです。きわめて優秀な工作員です。ロナルド・ブルークスという名のカナダ人になりすまして活動していました。その偽装をもう四年近くも利用しつづけていたのです。で、イランのテクノロジー企業の内部を三年以上も歩きまわっていました」

オーヴァル・オフィスの厚い窓ガラスの外は土砂降りの雨で、午後半ばの空は夕暮れのように暗かった。その悪天候がCIA長官の報告によく合っているようにライアンには思えた。

大統領は眼鏡をとり、鼻の付け根をもんだ。「どれほど前かね？」

「八時間から一〇時間前です。われわれはカナダ当局から聞いたばかりなのです。カナダはイランから直接聞いたということです」

「偽名を使ってカナダ人になりすましたNOCをこちらが運営していることをカナダ当局は知っていたのかね？」

「知っていました。カナダは本物のパスポートを発給してくれました。ですから、イランが偽造パスポートだと見破り、偽名を使っていると知った、という線はありえないのです」

「ブルークス——いや、コリアー——がしていた仕事は？　どれほど深く向こうに入りこめていたのかね？」

「われわれが得ていたイランについての最重要情報をもたらしていた、そこまで深く入りこんでいた、とまでは言いません。イランのために彼がやっていた仕事は、現在の制裁では合法である軍事にも民生にも利用できる装置の調達でした。軍の調達担当者からテクノロジー製品のショッピング・リストを渡され、欧米諸国へおもむき、供給業者を確保し、条件の交渉、輸送の手配、書類の作成などをしていたわけです。違法なことはまったくしていなかったのですが、そのうち比較的早く、イランが邪悪なことに使う不正な装置をも手に入れてくれと彼に頼むのではないか、とわれわれは予測していたのです」

ライアンは驚きをあらわにした。「では、CIA《エージェンシー》がイラン軍に手を貸して、彼らが必要なものを欧米から手に入れるのを手伝っていた、ということかね？」

「どのみち彼らは手に入れるのです。それに、繰り返しますが、彼が調達していたのは、そは制裁対象の装置ではありません。われわれがコリアーに協力をさせていたのは、そうすればイランが何を手に入れ、それをどこで使うかわかるからです。それがイランにどのように入り、どのようなところで使われるかわかっていれば、もっと厳しい制裁を科さざるをえなくなったときに役立ちます。それに、イランが制裁対象品の入手をコリアーに頼みはじめたら、真っ先にわれわれが知ることになり、それを阻止できますし、制裁違反の証拠を国連に提出することもできます」

キャンフィールドは憂鬱《ゆううつ》そうに顔をこすった。「でも、そういうことはもうどうでもよくなりました。この作戦は終わってしまったのです。残された問題はただひとつ……」

「そのただひとつの問題とは――」ジャック・ライアン大統領があとを承《う》けた。「い、い、いったいぜんたいコリアーはどうして見破られてしまったのか？」

「そのとおりです、大統領。コリアーの作戦のことを知っていたのはごく少数で、わたしも含めて二五人もいませんでした。しかも、そうした者たちは、情報機関コミュニティでも最も厳しい調査の対象になっていますから、そこから情報が洩《も》れたとは考えられません。電子通信システムのセキュリティも万全で、そこで情報漏洩《ろうえい》があったとも思えません。ですから、いまのところ、なぜばれたのか完全な謎《なぞ》なのです。これはやはり、いろいろ探りを入れて、何が起こったのか知る努力をしないといけません」

「イランは彼をどうするのだろう？」

「ＮＯＣですからね、イランはそれこそ好きなようにどうにでもすることができます。しかしですね……許可していただければ、ひそかに第三国、たとえばスウェーデンに事情を説明し、ロナルド・ブルークスという名のカナダ人ビジネスマンはアメリカにとって貴重な存在であるということをイランに知らせてもらうことはできます。人道上の懸念《けねん》をいだいているとか、そういった言いかたでいいでしょう。そんなのイランにだって嘘っぱちだとわかりますが、それでも彼らは危害を加えず、そのうちアメリカとの取引に利用できるものとして彼を大事に扱うことになるでしょう。むろんそれは彼がＣＩＡ《エージェンシー》であることを暗黙のうちに認めたことになりますが、そうしないと彼は建設用クレーンによる公開絞首刑に処せられかねません」

ライアンはうなずいた。「よし、許可する。彼を助け出したい」

「イエス・サー。しかし、事がどう進むかはおわかりですよね？　イランはしばらくコリアーを手放さず、強く締め上げます。いや、イランは彼だけでなくわれわれをも苦しめるでしょう。コリアーの状況が危険で悲惨なものになればなるほど、イランが彼の解放と引き換えにわれわれから得られるものは大きくなりますからね。イランが最初から優しく接するということに同意したら、コリアーは有利な交渉材料とはなりません。

大統領、見当違いな期待は禁物です。スチュアート・コリアーは現在、地獄の体験をしていますし、しばらくのあいだはそういう状態がつづきます。それについてはわれわれにできることは何もありません」

ライアンは椅子の背にぐっと身をあずけると、向かい側の壁を見やり、一〇〇ヤードも離れたところにある点を探しているかのような目をした。そして数秒してからキャンフィールドCIA長官に視線をもどした。「裏ルートを使って様子をうかがってくれ。コリアーをとりもどすのにかかるコストを調べてくれ」

「イエス・サー」

「イランがコリアーをメディアにさらす可能性は？」

「確実にそうなります」

ライアンは軽く鼻を鳴らした。「公式には否定してくれ。できるだけ静かに彼を帰国させたい」

「はい、もちろんそうします」

ライアンは訊いた。「なぜメアリ・パットはここにいないのかね？」

情報機関コミュニティのこれほど重大な危機を大統領に報告しなければならないときには、国家情報長官のメアリ・パット・フォーリもかならずオーヴァル・オフィスまで来て、同席することになっていた。ライアンとメアリ・パットの付き合いは長く、二人は仕事上でも私的にも強い絆《きずな》で結ばれていた。

キャンフィールドは答えた。「彼女はいまちょうどイラクに向かっているところなのです。ある作戦の現場にみずから参加していまして」

「みずから？　なぜ？」

「ＨＵＭＩＮＴ《ヒューミント》と直《じか》につながっているという感覚を失いたくなかったのでしょう。会議室であまりにも多くの年月を過ごしすぎた、コンピューター・モニターを見つめることにあまりにも多くの時間を費やしすぎた、と彼女は言っていました」ＨＵＭＩＮＴは人的情報収集《ヒューマン・インテリジェンス》、要するに生身のスパイによる情報収集。

ライアンは面白くなかった。メアリ・パットがそうした行動をとった気持ちはよくわかるものの、テヘランでＣＩＡのＮＯＣが逮捕されるというような大失態があったときに国家情報長官が不在というのではやはり困る。アメリカの情報機関コミュニティの最高位にある者の意見を直接聞くことができない、ということになるからだ。

「いつもどるのかね？」

「メアリ・パットには副長官経由で連絡しました。イラン発のこのニュースで彼女は旅を早く切り上げて帰ってくると思います。大統領がメアリ・パットと電話で話せるように手配することもできます」

「いや、いい。メアリ・パットにはやる必要のあることをやらせておいてくれ。この件について伝えたいことがあるなら、彼女のほうから電話してくるだろう。彼女が向こうで進行させていることが価値あることであるようにと心の底から祈っている」ライアンは手を振って、自分がいましがた抱いた不満を追いやった。「ともかく連絡を密に。何かわかったらすぐ教えてくれ。とりわけ、コリアーの偽装経歴《レジェンド》がなぜばれたのかという点についての調査の進み具合を逐一報告してくれ」

ライアンの執務机の上のインターコムが鳴り、スピーカーから秘書の声が飛び出した。「大統領、マリー司法長官がいらしています。お時間を五分いただけませんか、とのことです」

ライアンはキャンフィールドの顔を見た。キャンフィールドは立ち上がった。

「入れてくれ」

ジェイ・キャンフィールドＣＩＡ長官は入ってきたダン・マリー司法長官に挨拶し、ドアへ向おうと彼の横を通りすぎようとした。

マリーが言った。「これはきみにも興味のあることかもしれない、ジェイ。大統領からお許しが出れば、きみにもいてほしいのだけど」

ライアン大統領は身振りで二人に向かいのソファーに座るよう指示し、自分も椅子にふたたび腰を下ろした。

マリーは切り出した。「週末にニュージャージー州で起こった事件。あれは無差別銃撃ではありませんでした。間違いありません」

ライアンは両眉《りょうまゆ》を上げた。「わたしにもジェイにも伝えたいというのは、そのニュージャージー州のメキシコ料理店で起こった銃撃事件は国家安全保障と何らかの関連があるということか」

「残念ながらそのようです。これは一、二時間後には報道されますが、大統領にはその前にお知らせしておく必要があります。犯人はヴァディム・レチコフという名の二三歳になるロシア人であることが判明しました。学生《スチューデント》ヴィザでアメリカに滞在し、オレゴン州の専門学校でコンピューター・サイエンスを学んでいたのですが、ドロップアウトしました。数カ月前、泥酔《でいすい》して大暴れしたため、地元の警察官に逮捕され、裁判所に出頭する命令を受けまして、審問をへて国外追放になるはずでしたが、出頭しませんでした」

ライアンは返した。「国外追放に直面した犯罪者が裁判所に出頭するなんてことが、あるのかね？」

「めったにありません。ですから、それは驚きではありません。真の驚きがはじまるのはこれからです。犯人には兄がおりまして、その兄がわが国のミサイル駆逐艦〈ジエームズ・グリーア〉によって撃沈されたロシアの潜水艦のうちの一隻《せき》である〈カザン〉の機関員だったのです。そして、まだ秘密にされたままですが、メキシコ料理店での犯行の被害者のなかに、〈ジェームズ・グリーア〉艦長のスコット・ヘーゲン中佐もいたのです」

「なんてことだ」ライアンは思わず声を洩らした。アーレイ・バーク級ミサイル駆逐艦の〈ジェームズ・グリーア〉が手負いのままヴァージニア州ノーフォーク海軍基地に帰ってきたとき、ライアンは直々にそこまでヘーゲン艦長および乗組員に会いにいったのだ。

マリー司法長官は急いで言葉を継いだ。「ヘーゲンは助かります――ＡＫ－47の弾丸を二発食らいましたが。しかし、彼の義弟が後頭部に弾丸を一発受け、死亡しました。あと、ウエイターひとり、さらに客がひとり、死んでおります。負傷者は六人、中佐を含めて」

キャンフィールドもライアンも、それが偶然である可能性はないのか、とは訊かなかった。二人とも、この世界に長く、その可能性を考えもしなかった。

マリーはつづけた。「スコット・ヘーゲンが警察に事後、話したところによりますと、凶行がはじまる前に彼は犯人に見つめられていることに気づいたとのことです。

それで、気味が悪くなって、家族ともどもその場から離れようと思い、まさにそうしはじめたときに、男がもどってきて自動小銃をぶっぱなしたそうです」

「ヘーゲンには警護チームはついていなかったのかね?」

「帰国後、数週間は、国防総省が警護官二人を車に乗せて彼の家の前に張りつかせていました。地元の警察も自宅近辺のパトロールを増強していましたし、むろん〈ジェームズ・グリーア〉が乾ドック入りしている海軍工廠《こうしょう》の警備もいつもどおり厳重でした。でも、結局、脅威となることは何も起こりませんでした。そして、ヘーゲン中佐のニュージャージー州への旅行は仕事とはまったく関係ない私的なものでしたので、警護措置は一切とられませんでした。正直なところ、中佐への直接的な脅威は皆無でしたので、そもそも国防総省が警護を行っていたこと自体、責務を超えた特例だったのです」

ライアンは言った。「では、そのロシア人は新聞を読んで、ヘーゲン中佐が〈ジェームズ・グリーア〉の艦長であることを知り、兄の死を中佐のせいにして、彼を見つけ出し、殺そうとしたのではないか、ということかね?」

「どうもそのようです。でも、不思議なんですよ、ほんとうに。ヘーゲンがそのとき、そのレストランにいることになることを、レチコフがどうやって知ったのか、FBI

の捜査官たちにもまだわかっていません。そのロシア人は犯行の六日前にオレゴン州ポートランドでレンタカーを借り、東へのアメリカ横断の旅をはじめ、ユタ州ソルトレークシティ郊外でＡＫと弾薬を買い、次いでネブラスカ州リンカーンでさらなる弾薬とナイフ一本を買いました。買った小銃の試し撃ちをやったとしたら、どこかの道端でやったはずです。レチコフが射撃場を訪れた形跡はまったくありません。彼はその種のところには足を踏み入れもしなかったのでしょう」

キャンフィールドが口をひらいた。「とするとこの道化は、遠く離れたアメリカの反対側からヘーゲンに関する情報を得て自発的に行動を起こしたのだとしても、作戦をしっかり練らずに行き当たりばったりに事を開始したということになるのかな」

マリーはうなずいた。「わからないところがまだたくさんあるけれど、われわれはまあ、そのように考えている」

ジェイ・キャンフィールドはちょっと考えこんだ。「これにロシア政府《モスクワ》が係わっている可能性はまったくのゼロと考えざるをえないね。彼らはそんなことをするような人間じゃない、ということではなくて、暗殺未遂犯がとんでもないヘマ野郎のようなんで」

「そうだな」ライアンも同じ意見だった。

マリーがふたたび伝えるべきことを伝えた。「国防総省は現在、バルト海とリトアニアで戦った海軍および海兵隊の指揮官全員の身辺警護をする手配をしております。万が一、今回のことが大計画のなかの一作戦にすぎない、という場合のこともいちおう考えておかないといけませんので」

次いで大統領がイランでのCIA工作員逮捕のことを司法長官にも伝えた。

マリー司法長官はキャンフィールドCIA長官を見つめた。「で、どうして見破られたのかわからない？」

キャンフィールドは首を振った。「そう、まったく」

ライアンが言った。「イランでNOCの正体がばれて、どうしてそうなったのかわからないというのに、同じ週にまた、海軍士官の居所もつきとめられ、それについてもどうしてそうなったのかわからない。どうも気持ち悪い。そう思うのはわたしだけではないだろう？」

キャンフィールドは言った。「ヘーゲン中佐はうちのNOCとはちがい、偽装して秘密活動をしていたわけではありません。それでも……おっしゃる意味はわかります。どういうわけか、中佐の旅行情報が怨念《おんねん》を抱く半端者《はんぱもの》の知るところとなってしまった、ということですから」

ライアンは盛大な溜息《ためいき》をついた。「いやはや、面倒なことになったな」

6

もしもＦＢＩに入らず、〈ザ・キャンパス〉にも参加しなかったら、ドミニク・カルーソーはたぶんレストランをひらいていたことだろう。

料理が大好きなのだ。料理は母《マム》から教わった。子供のころ、数え切れないほどの時間をキッチンで過ごし、ティーンエージャーになったときにはもう、一から本格的なイタリア料理をつくることができるようになっていた。一方、双子の兄のブライアンのほうは、マヨネーズとアメリカンチーズを使ったボローニャ・サンドイッチくらいしかつくれず、それ以上の料理をすることはめったになかった。

ドミニクは、ＦＢＩに入ったときにはもうキッチンから遠ざかっていたし、〈ザ・キャンパス〉での最初の二年間はつねにあちこち動きまわっていて料理をする時間などなかった。それに、そもそも料理をつくってあげたい人がひとりもいなかった。だが、いまやついに、三〇代の独身男であるドミニクは、いっしょに食事をしてくれる人のために料理をつくるという楽しみを味わうことができるようになった。

そして、その食事をともにしてくれる相手というのがまた、なんとも魅力的な女性なのである。

今宵のアントレはナスのパルミジャーナで、それはいま仕上がりの最終段階にあり、オーヴンのなかでナスの上に載ったチーズがこんがり狐色《きつねいろ》に焦《こ》げはじめたところだった。そして、そのヴェジタリアン・アントレの埋め合わせをするために、ドミニクはすでにハム、ソーセージを大皿に盛って準備していた。その思わず目を瞠《みは》る見事な盛り合わせは、いま冷蔵庫の棚の半分を占領している。

さらに、極上カリフォルニア白ワインのフォンタネラ・マウント・ヴィーダー・シャルドネが、バルコニーのガラス・ドアのすぐそばに置かれた小テーブルの上のアイスバケットのなかですっかり冷えて待っていた。ドア際《ぎわ》のそのテーブル席なら、バルコニーに出て食事をしたときには我慢しなければならない暑さや騒音に煩《わずら》わされずに、コンドミニアムの下に広がるワシントンDCのローガン・サークルのすてきな夜景を楽しめる。

部屋のドアベルが七時きっかりに鳴った。ドミニクはベルトに挟んでエプロン代わりにしていたタオルを引っぱりとり、素早くオーヴンのなかのナスをチェックしてから、ドアへ向かった。

ドアをあけると、アダーラ・シャーマンが立っていた。シンプルな黒いワンピースを着て、ウエッジヒールをはき、粋《いき》な眼鏡をかけている。髪はセミロングにして肩までたらすというのが最近のお気に入りで、今日も金髪をそのようにしていた。ドミニクはつい、彼女の首と肩についている筋肉を見てしまう。彼女はタイソンズ・コーナーにある自分のコンドミニアムのそばのクロスフィット・ジムでほぼ毎日トレーニングをしているのだ。

自分でもなぜだかわからないのだが、ドミニクは仕事をしていない普段のアダーラを見ることにいまだに慣れていなかった。ヘンドリー・アソシエイツ社の物流コーディネーター兼客室乗務員、そして〈ザ・キャンパス〉の輸送部長として、彼女は二つのまったくちがう環境で働いていた。アレクサンドリアのオフィスで仕事をするときはビジネススーツ姿だが、ヘンドリー・アソシエイツ社のガルフストリームG550に客室乗務員として搭乗するときは、そのように見えるごく普通の制服――白のブラウスにネイヴィーブルーのスカートとジャケット――を身につける。

そして、この二年間に何度もあったことだが、アダーラ・シャーマンはときどき旅の途中で単なる客室乗務員からまったく別の要員へと変身する。ガルフストリームの調理室に入り、スカートとブラウスをぬぎ、5・11タクティカル・パンツと黒っぽいチュニックに着替えてから、点検用パネルの裏側の秘密コンパートメントからH《ヘッケラー》&K《コッホ》・UMP・45口径サブマシンガンをとりだし、H&Kセミオートマチック拳銃《けんじゅう》をウエストバンドの下の板状《パドル》ホルスターに滑りこませるのだ。

アダーラはガルフストリームの警備要員であるばかりでなく、〈ザ・キャンパス〉工作員たちの〝衛生兵〟でもある。

この仕事は偶然ころがりこんできたものではない。何年もかけて積み重ねた訓練と実務のおかげだった。彼女は海軍衛生兵としてアフガニスタンに送りこまれ、戦闘で負傷した海兵隊員たちの命を救ってきたのであり、みずからもM4カービンを携行し、実際にそれを使用したことも一再ならずあった。

そう、だから、アダーラは最高級の社用ジェット機に乗っている典型的な客室乗務員とはまるでちがう存在なのだ。それゆえドミニクは、夜にセクシーな服を着ている彼女の姿にいまだに慣れることができない。昼間の彼女の感じとあまりにも掛け離れすぎているのだ。どんな仕事をしているときでもアダーラはきりっとしていて隙《すき》がない。

ドミニクとアダーラはもう一年もデートをつづけているが、〈ザ・キャンパス〉の仲間たちにはまだ二人の関係を明かしていない。ただドミニクは、従弟《いとこ》のジャック・

ジュニアには気づかれてしまったのではないかと思っていた。アダーラも同感で、「わたしの〝女の勘〟はこうしたことでは絶対に間違わない」と自信満々だった。

しかし、ほんとうに気づいていたとしても、ジャックはそれを言いふらすような真似《まね》は一切していなかった。ドミニクとしては、二人の関係を秘密にしておいてくれる従弟に感謝せざるをえなかった。

〈ザ・キャンパス〉の要員同士、付き合ってはいけない、という禁則はとくにないが、知られたら眉をひそめられると二人とも思っていたので、関係をおおっぴらにはしていなかった。それにともかくアダーラもドミニクもたいへん忙しく、同居して毎夜寝るまでいっしょにテレビを見るなんて生活はとても送れそうもなかった。だから、そう、いまの二人は、双方がワシントンにいて自由時間があるていどあるときに、ディナーと映画を楽しむデートをするくらいのことしかできない。

むろん、肉体関係はある。それはそもそも付き合いだしたイタリアではじまった。そしていまもそういう関係をつづけているが、二人とも同じ組織で働いているにもかかわらず、お互いの仕事の都合でなかなか思うように会えずにいた。

ドミニクとアダーラはなかなか面白いコンビで、職務から離れて二人きりでいるときは仕事の話をまったくせずに何週間でも平気ですごせそうだったが、何かの拍子にするりと、同じくらい簡単に仕事の話に入ってしまうこともあった。

今宵は仕事の話だらけの夜になった。二人はナスのパルミジャーナを食べ、しっかり冷えたシャルドネを飲みながら、昨日《きのう》の朝、チェサピーク湾上のヨットでおこなわれた訓練について議論した。ドミニクはまだ、ジェリー・ヘンドリーに背中を撃たれてしまったことで自分に腹が立っていた。いや、自分のミスのせいで、ジャックに人質を救出してもらわざるをえなくなり、彼に不必要な〝過剰殺傷〟をさせてしまったということのほうが、もっと腹立たしかった。

その大失敗を〝最前列の座席〟に座ってながめていたアダーラは、いまドミニクの自責の弁にじっと耳をかたむけていた。そして、ボーイフレンドの話が終わると、自分の意見を述べた。

「自分を責めちゃだめ。人員不足なのよ。あなたたちは一所懸命頑張っているけど、やはり増員が必要ね」

ジョン・クラークがヨットのなかで工作員たちにまったく同じ提案をしたとき、アダーラはヘンドリーといっしょに上のラウンジにいたことをドミニクは思い出した。

「工作部は新たな要員を二人迎えることになった」

「ほんとう？　だれ？」

「クラークには自分の考えがもうあるにちがいないけど、それぞれ候補をひとりずつ提案するようにとおれたちは言われた」

アダーラはナスを切って、ゆっくりと口に運び、白ワインをこれまたゆっくりと飲んだ。そうやってドミニクが言葉を継ぐのをずっと待っていた。

結局ドミニクが何も言わなかったので、アダーラは訊いた。「で、あなたはだれを提案するつもり？」

ドミニクは肩をすくめた。「迷っている。現役のFBI捜査官ならまだたくさん知っているし、〈ザ・キャンパス〉の訓練教官を通じて軍の特殊部隊にいた男たちとも知り合いになった。でも、みんな家族持ちでね、〈ザ・キャンパス〉で働くというのは小さい子供がいる父親《ダッド》にはきつい仕事だから」

彼はつづけた。「ディングが提案する男がだれであるかは見当がつく。ジャックが推薦する男もわかっている。いずれも優秀な工作員になれるはずだ。おれはそのひとりを支持するだけになると思う。安易な解決策をとるつもりだなとクラークには思われるかもしれないが、今回は直感に頼ってそういう選びかたをせざるをえない」

「しかたないわね」アダーラはそうする必要がある状況のときには抜け目なく計算することもできるが、そうではないときには極めて率直にもなりうる。フォークとナイフをおくと、テーブル越しにドミニクをじっと見つめた。「わたし、あなたが提案できそうな人をひとり知っているんだけど」

ドミニクは両眉を上げ、ナスを口まで運ぼうとしたフォークを途中でとめた。「ほんとに？　だれ？」

「わたし」

ドミニクは完全に固まってしまった。フォークを中空に浮かべたままガールフレンドを凝視した。

しばらくして目を下に向け、さらにあらぬほうを見やった。

アダーラは言った。「わたしはどんな仕事であるかは心得ているし、厳しい身辺調査にも合格している。曲がりなりにもあなたたちと現場仕事をこなしたこともまあまあある。パラシュート降下の資格もあるし、マスター・スキューバ・ダイヴァーにも認定されているし、射撃もできる。さらに、海軍エキスパート拳銃メダルとブロンズS付きの海軍エキスパート小銃メダルも獲得したわ」

ドミニクはまだ黙ったままだったので、アダーラはつづけた。「念のため説明しておくけど、Sは〝一級射手《シャープシューター》〟のSよ。そのうえわたしは、あなたたちとはちがって、双発機IFR――計器飛行方式――飛行免許も持っているし、船の操縦もできる。そして〈ザ・キャンパス〉のだれよりも医療訓練を受けている」

彼女はにやっと笑った。「おまけにあなたよりもずっとクロスフィット・ジムでトレーニングしている」

ドミニクはグラスに手を伸ばし、ワインを一気に飲み干すと、アイスバケットからボトルを引っぱり出し、お代わりを注いだ。

アダーラはさらに言葉を重ねた。「それに、言うまでもないけど、パナマ、スイスでのこともあったし」

ドミニクはボトルをアイスバケットにもどし、目を上げてアダーラをまっすぐ見つめた。「だめ」


アダーラがパナマとスイスのことを持ち出すことはドミニクにはわかっていた。ドミニクとアダーラはパナマのジャングルでいっしょに戦い、スイスのジュネーヴでもチームを組んで監視作戦を実行し、その後それはもっとずっと……動きの激しいもの、要するに凄絶《せいぜつ》な戦闘へと発展してしまったのだ。どちらの戦いでもアダーラはとてもうまく立ちまわり、〈ザ・キャンパス〉の他のどの工作員にもひけをとらない活躍ぶりだった。それはそのとおりだとドミニクも承知していたが、だからといってアダーラを〈ザ・キャンパス〉の現場要員として働かせたいという気持ちにはなれなかった。アダーラの頬がすこし赤らむのをドミニクは見逃さなかった。まずい、と彼は思った。「ごめん、言いかたが悪かった。つまりその、ただ……」

「何？」

「きみをチームの一員にはしたくないんだ」

アダーラはかすかにうなずくと、遠くに目をやってローガン・サークルを見わたした。付き合いはじめてもう一年になるので、ドミニクにはそれがどういう仕種《しぐさ》であるかわかった。アダーラは怒っているのだ。このままではアダーラは守りから攻撃へと転じかねない。すぐさまドミニクは誤解をときにかかった。

「もちろん、きみは充分にその仕事ができる。能力のことを言っているんじゃない。問題はおれの気持ちだ。おれはきみにそんな仕事をしてほしくない」

「なぜ？　危険すぎるから？」

「そう。まさにそのとおり。いいかい、きみがやりたいから推薦してくれと頼んでいる仕事は……。おれはその仕事をしはじめたばかりの兄を失ったんだ。おれはその場にいて、死んでいく兄を見まもるしかなかった。で、兄の穴を埋めるために別の男が入ってきた。そして親友になった。だが、その新入りの友も死んでしまった。そのときもまた、おれは現場にいた。だから、おれはきみを失いたくないんだ」ドミニクはしばし間をおいた。「きみのことが大事なんだ。それは大事な人にやらせたい仕事ではない」

「気持ちはわかるわ。でも、お兄さまの死も、サム・ドリスコルの死も、〝新入り〟ということとは関係ない。仕事そのものが危険なのよ。あなたたち全員がしている仕事が。だれもがいつ同じ運命に見舞われてもおかしくない」

「それはそう、認める」ドミニクは返した。「だから、きみにはそうなってほしくない」

「じゃあ、わたしの望みはどうなるの?」アダーラは食い下がった。

ドミニクは言った。「金曜日の訓練をしくじったのは、おれがきみを人質と見なせなかったからだ。自分のガールフレンドという気持ちを消せなかった。みんなの前で、きみに銃口を向けつつ、何か仕掛けがないかどうかボディーチェックをするというのは、やはり妙な気分でね、注意が散漫になり、左手の死角をチェックするのを忘れてしまった。実際の作戦できみといっしょに行動しなければならなくなったとき、同じようなことになり、自分や他人《ひと》の命が失われることにならないともかぎらない」

アダーラは切り返した。「あなたが自分の人生について決定を下すというのならいいけど、わたしの人生まで決めるというのはどうかしら？　もしわたしが〈ザ・キャンパス〉を辞めてと言ったら、あなた、そうする？」

「いや、しない」

「それと同じじゃない。なぜあなたにはわたしの人生を決める権利があるの？」

「そういうことじゃない。ただ――」

「いいえ、そ、う、い、う、こ、と。わたしのことが心配なのはわかるわ。あなたは心の優しい人なの。わたしが怪我《けが》するのなんて見たくない。でもね、わたしのことを思うのなら、わたしにも自分にとって大切なことをやらせて」

ドミニクは怒りをあらわにした。「きみにはおれの推薦なんて必要ない。自分でクラークに申し出ればいいじゃないか」

「あなたの支持がほしいの」

「なぜ？」

「あなたはわたしにとって大事な人だから。あなたの考えを無視するわけにはいかない」

ドミニクは眼下の通りを見下ろした。「おれにそんなこと、させないでくれ」

「これは強制ではないわ。わたしはあなたに頼んでいるの」

ドミニクは立ち上がった。

「どこへ行くの？」アダーラの怒りが膨れあがり、声が尖《とが》った。

ドミニクにもその怒りが感じとれた。

「冷蔵庫。ワインがなくなったのでね」

「あっ……そう。それならいいんだけど」

二人はソファーに移動して議論をつづけた。口論という感じもなくなり、落ち着いた話し合いになった。アダーラもドミニクも相手の身になって考えはじめ、互いが頑《かたく》なになっている理由を理解しだした。

結論の出ない堂々めぐりの話し合いを三〇分ほどしたあと、アダーラは言った。

「自分があなたにどうしてほしいのか、やっとはっきりわかったわ。わたしはただ、あなたに助けてほしいの。あのね、あなたがノーと言ったって、わたしはジェリーのところへ行って自分の望みを伝える。そのほうがあなたの気が楽になるというのなら、わたし、そうする。でもね、わたしはあなたに信頼されているのだということを知っておきたいの。ただそれだけ。わたしは頼りになる人間で、そういう仲間が必要なときに、いっしょに現場にいてほしいと、ほんとうはあなたは思っているということを確認しておきたいの」

ドミニクは応《こた》えた。「おれはきみを信頼している。きみは立派に現場仕事をこなせると思う」

「わたしよりもうまくその仕事をこなせる人を知っている?」

ここで即座にドミニクは自分の負けだと悟った。気持ちは三〇分以上前に議論をはじめたときとまったく変わっていなかったが、もう言い返す言葉が見つからなかった。あとはもう、意固地になって強情を張るか、それともいやいや理解を示して妥協するか、そのどちらかしかなかった。ドミニクは言った。「いや、きみよりも適任の者なんて、おれはひとりも知らない。きみを推薦することにするよ。あとはジェリーとジョン次第だ」

「ええ、もちろん」アダーラはドミニクにキスをした。「あなたにとってはつらい判断だったとわかっているわ。〈ザ・キャンパス〉の現場仕事にはやさしくできることなんてこれからもひとつもない」

アダーラが期待した目でこちらを見つめていることにドミニクは気づいた。ほかにも話があるようだ。「何?」ドミニクは訊《き》いた。

「この話はもうこれで終わり?」

「終わりにしたい、心底。なぜそんなことを訊くの?」

彼女はにやりと笑った。「お願いだから、ティラミスもつくってあるって言って」

暗い気持ちになっていたが、ドミニクも笑みを浮かべた。「つくってある」

アダーラは両手を拳《こぶし》にして中空に突き上げた。「やったあ！」

ドミニクはにやにやしながら訊いた。「きみって、ぼくに会いたくてここに来るの？　それともティラミスを食べたくて来るの？」

「まあ、あなたに会いたくて来る、と言っていいんじゃないかしら。でも、ワシントンDCにいるステキな美男子はあなただけじゃない。ほかにも少しいる。ただ、とんでもなくおいしいティラミスをサッとつくれるステキな美男子は、ワシントンDCにはあなたしかいない」

ドミニクは両眉を上げた。「きみはほかの美男子たちもひとり残らず試してみたというわけね？」

アダーラは笑い声をあげ、ドミニクの膝《ひざ》にのり、ボーイフレンドにキスをした。

7

登り坂のその細い通りには女と子供があふれていた。女も子供もみな、大型SUVの車列を通すために、ひらいたままのドア口や路地に入らなければならなかった。車列が丘のてっぺんにある建物のそばにとまると、数十人の女や少女が集まってきてSUVをとりかこみ、大型車を凝視した。建物の屋上にいた女たちも、目を大きく見ひらいてその光景を見まもり、驚きをあらわにして小声で言葉をかわした。

黒塗りの大型SUV六台がとまったこの細い通りは、イラク北東部のクルディスタン地域にある都市スレイマニヤの郊外にあった。車から十数人の西洋人がいっせいにどっと出てきた。みな、銃を持った戦闘装備姿の大男で、高価そうなサングラスと腕時計を身につけていた。そして、そのあとからビジネススーツ姿の西洋人がさらに一〇人ほど降りてきた。女性も混ざっていて、彼女たちはみなチャドルを着ていたが、明らかにアメリカ人だった。

しかし、ヤジディ教徒の女や少女が驚愕《きょうがく》し、唖然《あぜん》としたのは、そうしたことにではなかった。

そう、彼女たちは、その集団全体を率いているように見える者が女であるということに、びっくり仰天したのだ。

メアリ・パット・フォーリがランドローヴァーから降りると、随行員と警護要員の一部がサッと近づき、彼女をしっかりとりかこんだ。彼女は国家情報長官、一六の組織からなるアメリカ情報機関コミュニティのトップだった。厳重に警護され、多数の補佐の者にかしずかれるのは当然なのである。

そのアメリカ人女性が指揮官であることはだれの目にも明らかだった。

メアリ・パットのあとから降りてきたのは彼女の首席補佐官、現役の空軍大佐で、彼は地面にまっすぐ立つやいなやブルーの通常軍服の乱れをととのえた。別の車から降りた若い補佐官が、クリップボードを手にして国家情報長官のところまで歩いてきた。メアリ・パットの今日の通訳が、すぐそばの白漆喰《しろしっくい》塗りの石の建物を手で示した。

彼女は国連職員の四五歳になるクルド人女性だった。

スレイマニヤのこのあたりは、西方のシンジャル山およびその周辺にあったコミュニティから逃げてきたヤジディ教徒のＩＤＰ（国内避難民）の多くがキャンプしていて、〝小シンジャル〟と呼ばれていた。二年前にシンジャル地域がＩＳ（過激派組織

「イスラム国」）によって占領されて以来、イラク各地に設営されたＩＤＰキャンプに世界のヤジディ教徒のほぼすべてが収容されていた。

ヤジディ教徒は民族的にはクルド人だが、宗教が独特なため一般のクルド人とはちがう存在になっている。それでも、イラクのこの地域のクルド人が使うクルド語方言クルマンジーを話すので、ここクルディスタンが理にかなったＩＤＰキャンプ地ということになる。

白漆喰の建物の玄関ドアはあいたままになっていて、クルド人とヤジディ教徒の役人がそばに立ち、フォーリ一行が来るのを待っていた。挨拶《あいさつ》や紹介は簡単で、すぐにすんだ。メアリ・パットはそうした男たちのうちの何人かと今朝、アルビールのアメリカ領事館で会っていたからだ。そのあとヘリコプターで東方へ飛んで、ここスレイマニヤまでやって来たのである。だから初対面の儀式を丁寧にやる必要はもうなかった。

メアリ・パットは建物のドア口を抜け、暗くてひんやりした部屋のなかに入っていった。そこには若い女がひとり立っていた。ほかにはだれもいない。女はチャドルで身をつつみ、その下にゆったりとした清潔で簡素な衣服をつけていた。不安げで緊張しているようだった。今朝早く、床に敷いたラグマットの上で眠っていたところを離民救援ワーカーのひとりに起こされ、それからというもの特別扱いされたため、すっかり戸惑っていた。彼女は難民救援ワーカーに名前を訊かれ、一カ月前にキャンプに着いたときにサインした手書きの文書を見せられた。そこに書かれていることはすべて事実だと誓うと、若い女たちでいっぱいの部屋から出され、この建物に連れてこられた。そして、アメリカからやって来た人たちが、あなたと話したいそうで、ヘリコプターに乗ってまもなく到着する、と言われた。

メアリ・パットと、彼女がDNI（国家情報長官）として統轄《とうかつ》する情報機関のほとんどが、イスラム過激派のテロからアメリカを護《まも》る終わりなき戦いのなかで、現在とりわけ力を入れて追っている男がひとりいて、メアリ・パットが部下を引き連れてわざわざクルディスタンにまで乗りこんで来たのはそのためだった。クルド人はアメリカの良き友で、その男の追跡にも協力的だったが、彼らはいま〝大忙し〟という言葉ではとても言い表せないほどやるべきことがいっぱいあった。なにしろ戦争をしているのだ。民族の存亡をかけてISと戦っているのである。だから、クルド人政治指導者の気をしっかり惹《ひ》くには、アメリカの国家情報長官その人が今週直々に訪問する必要があった。

そして今朝、彼らの協力は実を結んだ。マナルという名の若いヤジディ教徒の女性が見つかったのだ。彼女は一カ月前にクルド人の役人にあることを報告したのち、国連が運営するＩＤＰキャンプに収容されたのだが、すぐに国連職員にも見つけられなくなってしまった。ところが、昨夜突然、戦場から東へずっと離れた別のキャンプにいるのがわかったのである。

メアリ・パット・フォーリがその女性と話す最初のアメリカ人となる。イラクには数万人のヤジディ教徒避難民がいたし、同国にいる難民と国内避難民の合計は数十万人にのぼる。そのなかで、まだ一七歳のマナルをメアリ・パット・フォーリがこれほど注目し、特別扱いしたのは、あるひとつの重要な理由があったからだ。

そしてその理由とは、彼女がアブー・ムーサ・アル＝マタリという名のラッカのＩＳ工作員と強制的に結婚させられた、という事実。

アメリカの情報機関コミュニティにとって世界で最も重要な指名手配者は、ラッカで暮らすそういう名のＩＳ工作員であるということだけはわかっていた。

一七歳の少女はメアリ・パットに手を差し出して握手をし、不安げに軽く頭を下げて微笑《ほほえ》んだ。メアリ・パットが到着する数分前に国連の援助隊員から教わって暗記していた英語を口にした。「お会いできて、たいへん嬉《うれ》しいです。わたしの名前、マナル」

メアリ・パットは、その一所懸命覚えた英語にすっかり嬉しくなって、にっこり微笑み、頭を下げた。通訳がすぐそばにまで近づいた。「わたしの名前はメアリ・パット、アメリカから来ました。あなたの行動についてはすこし聞いています。あなたのようなたいへん勇敢な女性に会うのは、とても光栄です」DNIはマナルが自分を捕まえて奴隷《どれい》にした男たちからなんとか逃げ出してきたばかりであることを知っていた。それだけでもメアリ・パットは少女に敬意を抱いた。

通訳は二人の女性のあいだに入って、それぞれの言葉をそっとやさしく相手に伝えていった。少女は褒められて顔を赤らめた。

そのあとすぐに三人とも床に敷かれたラグマットの上に座った。首席補佐官の大佐は外で待っていた——メアリ・パットと事前に話し合って、そのほうがヤジディ教徒の少女は居心地がいいのではないかという結論に達したからだ。だが、メアリ・パットの若い女性補佐官のひとりが部屋にとどまり、会話を録音し、メモをとった。彼女はすこし離れてはいるが話を聞き取れる壁際に立っていた。

マナルはメアリ・パットに語って聞かせた——自分が捕まったときのことを、家族が全員虐殺《ぎゃくさつ》されたことを、そして一〇歳にしかならない少女たちといっしょに連れ去られたことを。当時、マナルも一五歳でしかなかった。

「彼らはわたしたちを〝サブヤ〟と呼んでいました」マナルは通訳を通して言った。通訳が説明を加えた。「それは『奴隷にした戦争捕虜』を意味する中世の言葉です」

メアリ・パットはマナルの不安げな目のなかに、いまなお消えない怯《おび》えを見てとることができた。なにしろ彼女は言語に絶する恐怖の日々を生き抜いてきたのだ。

少女は言った。「おまえはある特別な男への贈り物になるのだ、と言われました。わたしは何日も小さなアパートで待ちました。そのときはまだ、ほかの少女たちとはちがい、わたしはレイプされていませんでした。とても幸運でした。そしてついに、ひとりの男がやって来ました。西洋人の服装をした、顎鬚《あごひげ》がとても短くて、髪も短い男でした。ふつうのDAESH《ダーイシュ》の男のようには見えませんでした」

DAESHはアル＝ダウラ・アル＝イスラミーヤ・フィル・イラク・ワ・アル＝シャム（イラクおよびアル＝シャムのイスラム国）の頭字語だ。アル＝シャムは大シリア、レヴァントとも呼ばれる地域で、シリア、レバノン、ヨルダン、イスラエル、パレスチナ自治区をも含む。

「その男は名前をあなたに教えましたか？」

「ええ、もちろん。自尊心が高いんです。名前はムーサ。アブー・ムーサ・アル＝マタリ」

「その名前だけでどんな人物だかわかりましたか？」

「いいえ。でも、彼は重要人物でした。いろんな人たちが入れ代わり立ち代わり訪ねてきました。携帯電話もコンピューターもたくさん持っていました。ずいぶん敬われていました」

「その男がこちらの捜しているアブー・ムーサ・アル＝マタリであるのかどうかを知る必要があるのですが、写真は一枚もないのです。その男の出生地を知っていますか？」

「イエメン出身だと言っていました。生まれ育ったのはオマーンとの国境に近い、海沿いの町だそうです」

　追っているアブー・ムーサ・アル＝マタリがイエメンはジャディブの出身であることはメアリ・パットにもわかっていた。そしてそのジャディブは、いまマナルが言ったとおりのところにあった。

「年齢は？」

「ええと……わかりません。ずっと年上でした」

　メアリ・パットは眉根を寄せた。「ずっと年上？……わたしみたいに？」

「いいえ。そんな年寄りではありません」マナルは即座に答えた。

メアリ・パットは六〇代半ばだった。気分を害しはしなかったが、通訳がためらいがちに少女の言葉を伝えたので笑みを浮かべた。

CIAはアル＝マタリの年齢を三五歳から四〇歳のあいだと推断していた。メアリ・パットは虐殺された父親の年をマナルに尋ねた。

「四一歳でした」マナルはうなずいた。「はい、彼は父の年に近いと思います」

「アル＝マタリとはどのくらいのあいだ一緒にいたのですか？」

「一年です。わたしは奴隷でしたが、彼はわたしと結婚しました。ほかにも妻が何人かいたのかもしれません。ずっとアパートにいたわけではありませんから」

「それで、その男に結婚を強制されたのはいつですか？」

少女は通訳の言葉に耳をかたむけてから、自分よりもずっと年上のアメリカの婦人を長いこと見つめた。顔に戸惑いの表情が浮かんでいた。少女はだいぶたってからようやく口をひらき、通訳がその答えを英語に換えて伝えた。「初めて会ったとき……わたしたちは五分後には結婚していました」

「わかりました。彼は長時間コンピューターや携帯電話を操作していましたか？」

「はい」マナルは答えた。「毎日コンピューターを使っていました」

アブー・ムーサ・アル＝マタリがIS対外情報局内の〝海外作戦実行可能戦士の

取り込み〟等を担当する部署であるEmni《エムニ》の最上級現場指揮官であることはメアリ・パットも知っていた。アル＝マタリは北米セクションを運営していて、アメリカ国内でISのテロを実行するアメリカ人およびヨーロッパ人をスカウトして訓練する、というのが彼の仕事だった。九カ月前、アル＝マタリはアメリカのパスポートを持つ一六人をシリアに送りこんで訓練させることに成功したが、その一六人とも、アメリカのドローンによる攻撃で殺害されるか、欧米諸国に戻ったさいに拘束されてしまった。それはアメリカの諜報《ちょうほう》活動の大成功を物語るものだったが、そのISテロ細胞の壊滅は報道機関には秘密にされた。そうされた最大の理由は、大成功を導いた戦略、技法、手順を敵に知られないようにするためだった。だが、今回はなんとかうまく〝巨大な弾丸〟をかわせたが、次回はどうなるかわからない、ということをメアリ・パットは知っていた。また、アル＝マタリは技量も動機も有し、IS対外情報局の支援も受けているので、またかならずアメリカへのテロを試みるにちがいない、ということもメアリ・パットにはわかっていた。

もしかしたら、その試みはもうすでにはじまっているのではないか？　実はそれがメアリ・パットにとってはいちばん心配なことだった。

彼女は訊いた。「ほかに彼から聞いたことはありますか？」

「たくさんの国で戦った、と言っていました。わたしが捕まる前のことです。わたしを妻にしてからも、アパートにいるよりもいないほうが多かったです。戦いに行ったとは、わたしは思いません。兵士ではありませんでしたから……別のタイプでした。よくはわかりませんが。

ある日、ラッカのアパートに帰ってきて、外国へ旅行しなければならない、と言いました」

「行き先を言いましたか？」

「わたしに？　いいえ。彼はわたしを信用していませんでした。わたしは単なる奴隷で、家を掃除し、あの男《ひと》の兄弟、その他の家族、友人のために料理し、彼の快楽の道具になっていただけです。でも、電話の会話を小耳に挟んだことがあります。だれかに会いにコソヴォに行く、と言っていました」

メアリ・パットはうなずいた。「それ、いつのことですか？」

通訳が少女の答えを伝えた。「わたしが逃げ出す三カ月前のことです。わたしが逃げたのは先月ですから……四カ月前のことになります」

「それで、彼はコソヴォから帰ってきたのですか？」

「はい。戻ると前よりも仕事に精を出すようになりました。会う男たちも多くなり、みな外国人でした。つまり、その……イラク人ではありませんでした。訛《なま》りでわかりました。そうしているうちに……四週間前だったか、わたしは彼の服をスーツケースに詰めさせられました。そして、長い旅に出る、もし神が望みたもうなら《イン・シャー・アッラー》帰ってくる、と言われました」

「どこへ行くとか、そういうことを何か言っていませんでしたか？」

「わたしには何も教えてくれませんでしたが、やはり、電話で話しているのを聞くとはなしにちらりと聞いてしまいました。学校へ行くとか、言っていました」

「学校へ？」

「ええ。語学学校です」

メアリ・パットは首をかしげた。「その語学学校、どこにあるのですか？」

「わかりません。でも、とても遠くにあることは確かだと思います。あの男《ひと》、本を何冊も持っていましたから。英語の本です。わたしは英語を知りませんから、どういう本かはわかりませんが、彼はそうした本を西洋の服といっしょに旅行に持っていきました。こちらの服はみんな置いていきました。旅に出たのはわたしが逃げるわずか四日前のことです」

「あなたはどうやって逃げることができたのですか？」

「出ていくとき彼は、伯父がやって来て、おまえの面倒を見る、と言いました。でも、その伯父さんはやって来ませんでした。ラッカへのアメリカ軍の空爆が激しくなったので、伯父さんは死んでしまったのかもしれませんし、ただ怖くて家から出られなかっただけだったのかもしれません。ともかく、食べ物がなくなりました。言うまでもありませんが、自分でラッカの街に出ていくことはできませんでした。女がひとりで出ていったら、ISの宗教警察に捕まってしまいます。一度目は警告だけですみますが、二度捕まりますと、逮捕されます。三度捕まったら、石打ちの刑です」

「なるほど」メアリ・パットは応えた。

「でも、お腹《なか》がとってもすいてしまって飢えはじめ、結局、生きるのならここから出ていかなければならないって決心したんです。戦闘の音がするほうへ向かっていけば、戦線を越えられ、助かる、という話を聞いたことがありました。ほんとうかどうかわかりませんでしたが、そうする以外ありませんでした。わたしは夜が更《ふ》けるまで待ちました。そして夜空を見上げ、閃光《せんこう》が走る方向を探しあて、戦闘が起きているほうへ向かって歩いていきました。

次の日、何人もの女性と会いました。子供を連れている女《ひと》たちもいました。わたしと同じように逃れてきたのです。わたしたちは廃墟《はいきょ》に寝泊まりしながら戦線を越えてクルド人占領地域へ入りました。そしてクルド自治政府軍《ペシュメルガ》に見つけられ、助けられたのです」

国家情報長官は振り返って補佐官を見やり、彼女がすべてを書き取っていることと録音機のスイッチが入っていることを確認した。メアリ・パットは言った。「これからはわたしたちがあなたを助けます。明日、別のアメリカ人が何人か、あなたの話を聞きに来ます。その人たちにアブー・ムーサ・アル＝マタリの人相を正確に話してほしいのです。そうすれば似顔絵の作成が可能になります。協力してくれますか？」

「はい」マナルは承諾したが、うつむいてラグマットのほつれた端をいじりはじめた。この少女が全力を尽くしてあの男のことを考えまいとしていることはメアリ・パットにもわかっていた。アル＝マタリの顔をわざわざ思い出そうとすることこそ、まさに彼女がいまいちばんしたくないことなのだ。

「ごめんなさい、マナル。でも、これはとっても重要なことなの。あなたの協力でたくさんの命が救われることになります」

「わたし、やります」少女は小声で応えた。

「ありがとう。もしお望みならば、アメリカに来られるように手配します。戦争が終わるまでアメリカにいて、安全になったらシンジャル山に戻る、という選択肢もあります。われわれはあなたの協力が必要なのです。あなたの望みはできるかぎり叶《かな》えたいと思っています」

マナルは自分のすぐ前のラグマットに目を落としつづけていた。しばらく考えたのち、言った。「わたしはここにとどまります。みんなといっしょにいたいのです。でも、あの男《ひと》を捕まえる手伝いをします。彼は怪物でした」

「わかりました。ここで必要なものはありますか？」

「わたしは大丈夫なのですが、このキャンプにいる年のいった婦人たちのために毛布をもうすこし都合していただけないでしょうか？ 床がとても硬くて、夜は寒いうえに背中が痛くなってつらいと言う婦人がいるのです」

メアリ・パットは下唇の内側をかんだ。「スレイマニヤをあとにする前になんとか取り計らいます」

建物の外に出ると、メアリ・パット・フォーリは待っていたSUVの車列に向かって歩いていった。M4カービンを持つ無表情の警護要員たちがそこいらじゅうに立ち、まわりの建物だけでなく遠くの丘にも警戒の目を向けていた。ここはIS支配地域から西へ一二〇マイルも離れたところだったが、CIAの警護要員たちは交戦地域にいなくても用心に怠りはなかった。

メアリ・パットは補佐官のほうへ顔を向けた。「カーラ、ラグマットや毛布を集めて。その他、何でもいいから、できるだけ多くの人がもうすこし快適に暮らせるようになるものを集めて」

「わかりました、なんとかします。明日、CIA要員がふたたびここを訪れて、あの少女の話をもとに似顔絵を完成させ、さらにいくつか質問をします。そのときにいっしょにトラック一台分の〝生活を快適にする品物〟を運ばせ、国連の担当者に渡し、配ってもらいます」

メアリ・パットは返した。「それではだめ。CIA要員に直接ヤジディ教徒たちに配らせて。国連の担当者に渡したら、横流しされかねない」

若い補佐官が〝ええっ、信じられない〟という顔をしたので、メアリ・パットは言い添えた。「カーラ、わたしはね、この世界には長いの。ほんとうにそういうことが起こるのよ」

「イエス・マーム」

首席補佐官の大佐がにやっと笑った。「CIAの連中だって、老婦人たちに生活用品を直接渡すほうが楽しいに決まっている」次いでメアリ・パットに言った。「間違いなくやつですね。どうやら、また一仕事するようです」

「ええ。でも、語学学校というのがよくわからないわね」

大佐も同感だった。「ですよね。アブー・ムーサ・アル＝マタリはすでに完璧《かんぺき》な英語を話せます。もしやつがほんとうに新たなテロ攻撃を画策していて、ほかの言葉を学ぶ必要があるとしたら、それはいったい何語なんでしょうね？」

メアリ・パットは返した。「その〝語学学校〟というのはコードネームではないかしら。何を意味するものであるかは、まだ見当もつかないけど。情報分析官たちに探らせましょう。彼らの尻《しり》をたたいて、しっかりやらせないと。どうも、これから起こる何かの中心にアブー・ムーサ・アル＝マタリがいるような気がしてしかたないわ。そしてそれは欧米のどこかで起こる。近々ね。しかも、あのテロ野郎は一カ月前に行動を開始していて、われわれよりもそれだけ前を走っている」

メアリ・パット・フォーリ国家情報長官はSUVのドアの手前で足をとめ、振り返り、屋上や窓から彼女を見下ろす女や子供たち全員に手を振った。角の向こうに隠れたり、奥に身を引っ込めたりする者たちもいたが、手を振り返す者たちもいた。

だが、だれもがこのアメリカの婦人が有する権力の大きさに――多数の部下を引き連れて行動するその堂々たる姿に――驚愕し、唖然としていた。

8

メアリ・パット・フォーリ国家情報長官は、アメリカ国内で次に行われる大規模テロ作戦の首謀者を追っているのだと思っていた。

だが、彼女は間違っていた。実は、アブー・ムーサ・アル＝マタリは壮大な作戦の最後の段階で実行される攻撃の現場指揮官でしかなかった。むろん、その攻撃を阻止するためにアメリカの情報機関コミュニティに全力でアル＝マタリを追わせるというのは間違っていない。ただ、アル＝マタリは壮大な戦略を練るということにはほぼまったく関与していない、というのが事実なのである。

アブー・ムーサ・アル＝マタリが複数のテロ細胞とともにアメリカ入りしようとしていたことは情報機関コミュニティも把握していた。そしてアル＝マタリは、その後はふたたび行方をくらましてしまったので、近々実行されようとしているテロ作戦があるとすれば、彼がその計画立案者にちがいないとアメリカの情報機関コミュニティは思いこんでしまった。たしかにアル＝マタリはＩＳ（過激派組織「イスラム国」）の最上級工作員だった。それは間違いない。彼は現場の指揮官であり、アメリカの家にもどって生活を再開しようとする個々の細胞に属するテロリストたちに必要な情報を配る仲介者の役目も果たすにちがいない。

しかし、ほんとうの首謀者――その大作戦を着想し、賛同しうる人々にそれを提案し、資金と武器を提供して主導した者――は、その男を知るだれもが国際テロに係わっているはずがないと思うような人物だった。

それは、五一歳になるサウジアラビアのテクノクラート、サーミー・ビン・ラーシドだった。実はとくに信心深いということもなく、仕事上必要であれば酒も飲むし、モスクを訪れる回数は大半のイスラム教徒よりも少ない、という男である。

いやまったく、サーミー・ビン・ラーシドは、アメリカ本土を攻撃するＩＳテロ作戦の首謀者に絶対になるはずがないような人物だった。そもそもＩＳのメンバーでもない。しかも、どんな聖戦戦士《ジハーディ》をも心の底から忌《い》み嫌っている。彼はドバイで働く湾岸協力会議（ＧＣＣ）職員で、非常に恵まれた地位にあった。ＧＣＣはペルシャ湾岸アラブ諸国のさらなる発展を推進するために設立された多国間の政治・経済・地域協力機構だ。

というわけで、サーミー・ビン・ラーシドはイスラム過激派テロをやりだすようなタイプではまったくない。

しかし、いまアブー・ムーサ・アル＝マタリが準備しているテロ作戦は、一〇〇%サーミー・ビン・ラーシドの脳から出てきたものだった。アル＝マタリがそれへの係わりを開始したのは、コソヴォにあるISの隠れ家《セーフ・ハウス》でビン・ラーシドと会った直後のことだが、ビン・ラーシドの頭にその計画が浮かんだのは、それよりも数カ月も前、彼が運よく機密情報の宝庫にアクセスできるようになったあとのことだった。

サーミー・ビン・ラーシドは生まれてこのかた人を殺したことなど一度もなかった。若いころ、しばらくサウジアラビア軍にいたが、湾岸戦争のときは下級の情報将校で、いかなる戦線からも数百キロ離れた場所で仕事をしていた。

退役後もサウジアラビア政府内にとどまったが、エネルギー産業鉱物資源省に移って、諜報機関から得た情報を吟味、検討し、その結果を国のエネルギー政策に反映させるという秘密部門で働いた。

そして、そこで産業情報収集分析のようなことを二〇年間つづけたのち、ビン・ラーシドはサウジアラビアを支配するサウード家の意向で政府から去った。彼はサウード家によってサウジアラビアの首都リヤドにあるGCC本部の顧問に据えられたのである。そこでビン・ラーシドは事実上の情報機関長としてせっせと働き、陰でひそかに動きまわって、GCC加盟国の全情報機関の活動をうまく調整・統合すべくイニシャティヴを発揮しようとした。これがなかなか難しい仕事だった。加盟国のなかには過去に何度も戦火をまじえた国もあったからである。

さらに何年かのあいだに担当や権限が変化して、ビン・ラーシドはGCCのフィクサーのような存在になった。要するにもっぱら問題の解決にあたるようになったのだ。相変わらず静かなオフィスで働く物静かな男ではあったが、分析員と工作員を何人もかかえていて、そうした部下たちに問題を消滅させ、祖国の利益になるのなら汚い戦争を勃発《ぼっぱつ》させもした。そして、その職務を実に巧みにこなしたので、ふたたびサウード家の意向にしたがって、リヤドからドバイへ移り、そこに設立した私的な個人事務所で働くようになった。それは実は、真の仕事を隠蔽するダミー事務所で、ビン・ラーシドの活動はすべてサウード家の利益を第一目標として行われているのだという事実への反証となる〝欺瞞《ぎまん》の層〟をもうひとつ増やすためのものにほかならなかった。

こうしてサーミー・ビン・ラーシドは、企業、革命家たち（過激派）、そしてサウジアラビアの敵たちにさえ、資金、情報、装備をひそかに送りこんだ。むろん、自分やサウード家とのつながりが間違っても表面化しないように、細心の注意を払って行動した。アメリカの石油産業部門にも、中東諸国の情報機関にも友人がいたし、アメリカの友人をためらわずに殺すテロ組織にも協力者《コンタクト》がいた。ビン・ラーシドは不信仰者とも付き合いがある一方、リヤドにいる国王のためなら躊躇《ちゅうちょ》なく聖戦戦士《ジハーディ》を操って利用する男でもあり、もしイスラム過激派のテロリストたちにそうしたことまで知られたら、彼自身、間違いなく命をねらわれる。ナイジェリアの過激派と共謀して製油所を爆破したこともあるし、原油輸送を遅らせるためにロシアのギャングたちに金をつかませて港湾ストライキをやらせたこともある。ほかにも世界の原油市場でのサウジアラビアの儲《もう》けを増やすために一〇〇ほども策略をめぐらしてきた。

しかし、ビン・ラーシドがどれだけ頑張って成果をあげようと、彼は所詮《しょせん》ひとりの男にすぎず、サウジアラビアは大きな問題をいくつも抱えていて、それらをすべて解決することなど、できるわけがなかった。つまり、ひとことで言って、サウジアラビアはまさに衰退しつつある国だったのである。

言うまでもなく、サウジアラビア王国は裕福な国である。だが、ここのところ、同国の富のドル換算額は急激に減少しつづけ、将来の見通しも暗澹《あんたん》としているのだ。原油が一バレル当たり一〇〇アメリカドルで取引されていたときは、サウジアラビアは原油を売るだけで年間二四〇〇億ドル稼いでいた。ところが現在、原油価格は半分以下にまで下がってしまっていて、サウジアラビアの一年間の財政赤字は一五〇〇億ドルにものぼる。

サウジアラビアは歳出を抑制できない国なのだ。なぜなら、王国内には不和の種がたくさんあって、貧者に莫大《ばくだい》な補助金を与えるということが、富者が生き延びる唯一《ゆいいつ》の方法になっているからである。もしサウード家が宮殿の外で暮らす大衆への〝気前のよい施し〟を打ち切るようなことがあれば、たちまち暴動が起こり、サウジアラビアは数カ月のうちに内戦状態におちいるにちがいない。

サウジアラビア王国が石油だけで生きられる時間はもうそう長くはないと、ビン・ラーシドのような人々にははっきりわかっていた。なにしろ、アメリカの石油埋蔵量はサウジアラビアのそれよりも大きいと報じられたのだ。そんなことは初めてのことであり、サウード家中に激震が走り、その衝撃波はサーミー・ビン・ラーシドの〝秘されてはいたが極めて重要な〟オフィスにまで達した。ビン・ラーシドはサウード家に〝奇跡を起こす男〟だった。そして、サウード家は奇跡を期待していることを彼にしっかりわからせていた。

王家が抱えていたのは金《マネー》の問題だけではなかった。

サウジアラビアはイランの勢力拡大を恐れていた。スンニ派原理主義の拡大よりもシーア派原理主義のそれのほうがずっと怖かった。シーア派が支配する土地があらたに生まれれば、そこはかならずイランの傀儡《かいらい》と化す、とサウジアラビアは思いこんでいた。

イランの原油生産量の増加も問題だった。その生産量の増加と並行して、イランの中東における影響力も増大してきた。

ビン・ラーシドはいまや、昼も夜も原油価格の下落を心配し、さらに中東の覇権国となりつつあるイランのことも心配しなければならなかった。

その二つの問題を同時に解決する方法がひとつあった。ただ、それを実現するには、あることを起こすことがどうしても必要だった。

そして、そのあることとは戦争。

サウジアラビアとイランの戦争ではない。そんなことになったら、それこそ最悪だ。サウジアラビア一国ではイランの勢力拡大を阻止できない。それに、シーア派諸国が固く結束すれば、スンニ派諸国は軍隊を総動員しても、とても勝ち目はない。たとえサウジアラビアがスンニ派諸国をまとめて戦いを挑んだとしても、シーア派連合に勝てるはずがないと、ビン・ラーシドにもわかっていた。

そう、中東で戦争を起こすなら、サウジアラビアが戦う戦争にしてはならない。代わりにほかの国々に戦ってもらうのだ……欧米諸国に戦争をさせるのだ。

サーミー・ビン・ラーシドはサウジアラビア人なのであり、湾岸協力会議（GCC）での自分の役目はペルシャ湾岸アラブ諸国全体のさらなる発展を推進することではないとわかっていた。そうではなくて、サウジアラビア王国の利益増大をはかることこそ自分の使命なのだと心得ていた。彼が数カ月前に着想し、現在準備が着々と進み、あとわずか数日で全世界のメディアがトップニュースとして報じることになる作戦は、まさにそういう類《たぐい》のものだった。

自分が雇った情報分析員のひとりが七カ月前に次のようなEメールを送ってよこしたのが、そもそものはじまりだった。

《所長、興味深いものを偶然見つけましたので、都合のよろしいときにお見せしたいと思います。わたしが所長室にうかがってもよろしいですし、お好きなときにこちらへ来てくださってもよろしいです》

このメールがなければ、サーミー・ビン・ラーシドがその大計画——頭のいかれた聖戦戦士《ジハーディ》からなるISという死のカルト集団を利用して、欧米諸国をふたたび中東の地上戦に引きずりこみ、それによって祖国を救うという〝苦しまぎれの最後の賭け《ヘイル・メアリー》〟——を思いつくことなど絶対になかったにちがいない。

ビン・ラーシドはメールを送ってよこした若者——コンピューターを使って仕事に関係ない冒険をするのが大好きな、まだ見習期間中のカタール人——に電話した。

すぐにファイサルはビン・ラーシドのオフィスに入ってきて、片手を胸にあてて頭を下げた。「おはようございます《サバーフ・アルハイル》、所長《サイイディ》」

「どういうことかね？」サウジアラビア人の所長にはのんきに挨拶をしている時間もなかった。

「ある者または組織が闇《ダーク》ウェブで興味深い情報を売っていることを知りまして、それを所長にも報告するべきだと思ったのです」

「ダークウェブ？」

「はい、所長。インターネットには秘密のマーケット、違法なものや著しく道徳に反するものを買える場所があるのです」

「で、きみはそのダークウェブとやらを調べまわって、いったい何をしていたのかね、ファイサル？」

若者は不安そうな顔をした。「そう訊かれると思っていました。ですから、わたしはですね、われわれが監視しているレバノンのある掲示板に投稿されたメッセージに導かれてそこにたどり着いたのです。その掲示板はヒズボラの工作員とイラン市民とのあいだの秘密コミュニケーション用のもので、やりとりされるのは大半が低レベルの秘密情報ですが、それでも監視する価値があります。部外者がそこの公開フォーラムに投稿することもでき、ある部外投稿者が運営者に掲示板内部へのアクセスを許されたので――つまり、その投稿者と運営者との会話が秘密裏に続行できるようになったので――わたしはそれを追跡したのです」

「きみはそのヒズボラの掲示板をハックしたというのかね？」

「侵入はすでにできるようになっていました。しばらく前に」

「その部外投稿者はヒズボラの工作員たちに何て言ったのかね？」

「そいつは〈密告者《インフォーマー》〉というハンドルネームを用い、英語を使いました。アメリカの政府職員および軍人に関する情報を売ることをヒズボラにもちかけたのです」

「どんな情報？」

「狙《ねら》うのに必要なあらゆる情報」

「狙う？　物理的に狙うのか？」

「はい、そうです。〈密告者〉は、現役および引退したアメリカのスパイや特殊部隊員に関する情報を得ることができるので、それをヒズボラに提供してもよい、と言ったのです」

　そんなものぜんぶ、マーケットプレイスで欧米のアクション映画のＤＶＤを買って観《み》た馬鹿《ばか》な子供が、自分がスパイになって活躍するのを夢想し、インターネットの掲示板に戯言《たわごと》を書きこんだにすぎないのではないか、とサーミー・ビン・ラーシドには思えた。だが、ファイサルはこれから肝心な点を述べるのかもしれないとビン・ラーシドは期待し、先をうながした。「その取引だが、どのように実行されるのかね？」

「ですから、ダークウェブ上で行われるのです。ビットコインで情報を買える、とヒズボラは言われました——まあ、〈密告者〉はほかの組織にも接触しているのではないかと、わたしは思いますけどね。ともかく、アメリカ政府の職員や軍人の名前、地位などを示してターゲット情報を注文するだけでいい、と〈密告者〉は言ったのです」

「そうすれば、マーケットで果物を手にとるようにターゲット情報を買えるというわけか」

ファイサルはにやっと笑ってうなずいた。「正直なところ、わたしだって、こんなのは見たことがありません。ただ、言うまでもありませんが、ダークウェブではもうだいぶ前から違法な売買が行われていて、銃器だって、ドラッグだって、預言者の教えに背く画像やビデオだって売られています」若者は床に目を落とした。〝ムハンマドの教えに背く画像やビデオ〟とはポルノのことだとビン・ラーシドにもわかった。

サウジアラビア人は言った。「わたしには馬鹿げた話のように思えるね。そんなやりとりには興味などまったく覚えないよ、ファイサル。もっとまともなことを言えないのなら、この部屋から出ていってくれ」

「ですからね、所長、〈密告者〉は商品のサンプルを提供したんです」

「サ、サ、サンプル？」

「はい、そうです。たとえば、シリアのターゲットを攻撃するドローンをアメリカで操縦している男についての信頼できる情報を提供しました。これはヒズボラが興味を示す情報だったのではないかと思います。彼らはダマスカスのアラウィー派と同盟関係にありますからね」

「その情報が信頼できるとどうしてわかるんだね？」

「それはですね、われわれも同じ情報を持っているからです。サウジアラビア軍がその男が所属する部隊と接触していまして、そういう男がたしかに存在し、その情報源が主張する職務についていることがわかっているのです」

「その情報源——〈密告者〉——のスパイがサウジアラビアにいて、そいつが情報を盗んだんじゃないのか？」

「それはないです。〈密告者〉が持っているターゲット——アメリカの空軍少佐——情報は、われわれが持っているものよりもずっと多いのですから。友人、家族全員のリスト、出身校。そして、現在運転している車、住所、買い物や外食をする店、子供が通う学校。指紋まであります。こうした情報はわれわれのところ——GCCとサウジアラビア——にはありません」

ビン・ラーシドは言った。「しかし、そのドローン・パイロットが問題だとしても、出身校なんてどうでもいいんじゃないのか？」

「それはそうなんですが、所長、〈密告者〉はアメリカの政府機関で働くすべての男女に関するそうした情報を持っていると主張しているのです」ファイサルはボスとしっかり目を合わせた。「す・べ・て・の男女、ひとり残らずです。〈密告者〉はほかのサンプルも提供しています。そこでは名前が一部伏せられたりしていますが、本物の情報であるような体裁になっています。そうした情報を売ろうとしている男または組織は、われわれが持っていない情報を実際に持っているにちがいない、とわたしは思います」

「そこまで知ることができる者って、いったい何者なんだ?」

「それはわたしにもわかりません。ダークウェブ上のマーケット・サイトというのは、招待されないかぎりアクセスできません。セキュリティは厳重です。しかし、今回、ヒズボラのアホ野郎のひとりが暗号化のお粗末なEメールでそのサイトのアドレスを同僚に送ったのです。おかげで、わたしもアドレスとパスワードを知ることができ、自分でそのサイトをのぞけるようになりました」

ビン・ラーシドはまだ疑いを抱いていた。彼は事実上、GCC全加盟国のすべての情報機関が持つあらゆる情報にアクセスできるのに、その謎《なぞ》の〝情報売り〟が提供しようとしているというものを一度も目にしたことさえなかった。ビン・ラーシドは訊《き》いた。「ヒズボラを助けて〈密告者〉にどんな得があるというのかね?」

ファイサルは答えた。「そいつの目的は金《かね》。それだけです。〈密告者〉はヒズボラかイランに情報を買ってもらえるんじゃないかと思って取引提案のメッセージを送ったのです」

ビン・ラーシドは首を振った。「だったら、そいつは馬鹿としか言いようがないな。

だって、その工作員グループを買いかぶり、そいつらがヒズボラの対外情報部の代弁者で、その種の情報を買って利用できる、と思いこんだんだからな」

ファイサルは一歩も引かなかった。「お言葉ですが、所長、その掲示板を運営しているヒズボラの工作員どもはたしかにアホ野郎ですが、〈密告者〉は単にそのことを知らなかっただけだと、わたしは信じています。〈密告者〉がインターネット上で自分の正体を隠す方法を、わたしはここのところずっとつぶさに観察してきましたが、それはもう実に高度なものでした。彼は馬鹿では絶対にありません。彼が提供しようとしている情報はすべて信頼できるという保証まではできませんが、われわれは彼になんとか接触し、取引に関心があると伝えるべきだと、わたしは思います。〈密告者〉がどこまでできるか探ってみるべきです」

「どうやってそれをするのかね?」

「インターネット上で彼を追跡して居所や身元を割り出すことはできません。彼はだれも――アメリカ当局さえ――侵入できないVPNを使っていますからね」VPN（ヴァーチャル・プライヴェート・ネットワーク）は、インターネット上に仮想《ヴァーチャル》通信トンネルをつくって第三者のアクセスを不能にした組織内《プライヴェート》ネットワーク。「でも、わたしはですね、ヒズボラの掲示板に〝鍵《かぎ》をかけ〟、自分と〈密告者〉しかそこに入れないようにして、彼と直接コミュニケートすることができます」

ようやくビン・ラーシドも、やってみようか、という気になりはじめていた。情報源として利用できる可能性がある者を探るくらいなら、自分に害が及ぶということはなかろう。「よし。そうしてくれ。ただし、くれぐれもきみとそいつだけで話し合えるようにするんだぞ。最初は、二人だけで極秘にやりとりできる方法をセットアップするだけにしろ」

「はい、もちろんそうします、所長。われわれの話し合いはただちに削除し、掲示板を〝解錠して〟もとにもどします。ヒズボラの連中には、われわれがそこで話し合ったこともわかりません。サーヴァーが一時的におかしくなっただけだと彼らは思うはずです」

次いでファイサルはこう訊いた。「この情報源となりうる者と話し合うとき、こちらはどういう者だと言えばいいのでしょうか？」

「とりあえず、こう言え。金もなくセキュリティもしっかりしていない馬鹿グループに接触するなんて愚かな選択としか言えません。こちらは、慎重なうえに、儲かる取引を提供することもできる非政府プレーヤーです。ただし、取引を成立させるには、そちらが持っていると主張している情報をほんとうに持っていて、それを安全に送る手段もあるということを証明して見せてもらわなければなりません」

「ああ、はい、なるほど」

ファイサルはちょっと困ったような表情を浮かべた。サーミー・ビン・ラーシドもそれに気づいた。

「何だ、どうした？」

「わたしがこの件を報告したのは、ヒズボラがこれまで持っていなかったアメリカに関する機密情報を近々得るかもしれないということを所長も知っておられたほうがいい、と思ったからです。ヒズボラがそういう情報を得たら、言うまでもなく、それはイランに伝わり、アメリカへの対抗策に利用されかねません。そうなった場合、われわれがここでやっている仕事に関係してくるわけです。ですからわたしは、〈密告者〉の情報入手能力をテストして、それがどのていどの脅威をもたらすか調べることも可能なのではないか、と思ったのです。正直なところ、われわれ自身が闇《やみ》市場に入って、アメリカの諜報活動関係の情報を買うことになるなんて思ってもいませんでした。どうしてそこまでする必要があるのか教えていただけますか？」

ビン・ラーシドはつねに何手も先を読んで行動する男だった。だから、ただこう答えた。「まずは探りを入れ、向こうの手のなかにあるものを確認するんだ。そうすれば、われわれに何かできることがあるのかどうかの判断が可能となる」

ファイサルは頭を下げ、ふたたび胸に手をあて、経過を逐一報告するとビン・ラーシドに約束した。そして所長室から出ていった。

サーミー・ビン・ラーシドはなおも疑っていた、非常に疑っていた。だが、もしファイサルの言うとおりで、それが確認できたときに、その得られるアメリカの秘密〝資産《アセット》〟に関する情報をどうするかはすでに決めていた。

ISに与えるのだ。

ISが欧米に勝つことなど絶対にできない、とビン・ラーシドは確信していた。〝大虐殺《だいぎゃくさつ》による敵の殲滅《せんめつ》〟を綱領の中心に据えていること自体が、自爆・自己消滅ボタンをいつか押さざるをえないことを意味している。あの馬鹿者どもは引きどきというものを知らず、ただただ押しまくり、欧米がもう我慢できないというところまで版図を広げてしまう。もうこのくらいにしておこうと国境を定める気などまったくなく、欧米が全力を投入して反撃を開始するまで進撃しつづけてしまうのだ。

だが、サウジアラビアは欧米が自発的にそうするまで待っていたくない。アメリカ合衆国大統領ジャック・ライアンは、空軍力、情報機関、それにクルド人軍事組織およびイラク軍を支援する小規模の特殊部隊ユニットを利用して、イラクとシリアのISを打ちのめそうとしている。その努力が功を奏して、アメリカが主導するこの同盟が現在ISをどんどん押しやりつつあるが、そんな生ぬるい戦闘ではイラクの油田地帯をめちゃくちゃにはできないし、シーア派の影響力をサウジアラビアの隣国から追い出すこともできない。

だが、ISが突然、アメリカの軍人や情報機関員を直接狙いはじめたら、アメリカ軍部隊がふたたび中東に投入される可能性が高まる。もしそうなれば、大規模な総力戦となり、油田地帯は大損害をこうむる。イランはシーア派が集中するイラク南部で大規模な石油開発プロジェクトを進めており、このままではサウジアラビアの未来の財政はその影響を直接受けかねない。だが、本格的な戦争になれば、イランはその油田地帯から排除され、イラクからもシリアからも追い出されることになる。そしてそこまで来れば、サウジアラビアの原油価格は上昇し、シーア派に中東の覇権をにぎられる恐れは弱まる。

そう、だから、アメリカがふたたび中東に進攻してくれれば、サウジアラビアは考えられるありとあらゆる点で勝利を収められることになるのだ。

そして結局、ISは踏みつぶされて消滅し、それもまたサーミー・ビン・ラーシドにとってはきわめて都合のよいことなのである。

〈密告者〉はほぼ即座にサーミー・ビン・ラーシドとやりとりしはじめ、断片的な情報を提供して自分の価値を証明して見せた。そうした断片的な情報は、ビン・ラーシドがすでに手にしていた情報と一致し、それによって〈密告者〉が信頼できる本物の情報を持っていることが確認された。

ビン・ラーシドがＩＳを巻きこむ段階にまで計画を進展させるのには、すこしばかり時間がかかった。だが、準備はととのい、彼は湾岸協力会議（ＧＣＣ）の他のメンバーたちには内緒でサウジアラビアを支配する王家の人々に会いにいき、ＩＳの指導部と話し合う許可をきちんと得た。

ＩＳとの話し合いのなかでビン・ラーシドは、現在アメリカへの攻撃作戦が準備中であることを知らされた。その作戦にはアメリカに住む男女が参加することになっていたが、彼らはＩＳの巧妙かつ強力な宣伝機関に扇動されて過激化した者たちだった。ＩＳの主張を広めるグループは四〇ほどもある。ＩＳはプロパガンダという武器を他のどんな兵器よりも巧みに使っている、と言ってよい。グローバル・イスラミック・メディア・フロント（ＧＩＭＦ）もＩＳの最も強力なメディア機関のひとつだ。ＧＩ

MFはウェブサイト、ソーシャルメディア活動、よくできたユーチューブ・ビデオ、オンライン・マガジンを駆使し、アメリカのイスラム教徒をも過激化させて、彼らに街中《まちなか》で無差別テロを実行させようとしている。そうしたテロを起こせば、ふたたびジャック・ライアンに中東派兵を決断させられる、と考えているのだ。ISはアメリカの地上軍投入をビン・ラーシドと同じくらい熱望していた。

だが、ビン・ラーシドには、そのISの計画が成功するとはとても思えなかった。ジャック・ライアンは冷徹な論理でものごとを判断する狡猾《こうかつ》な敵なのだ。脅威に対して過剰に反応することはまずない。ライアンはISを壊滅させたい。それは確かだが、ショッピングモールでの無差別銃撃やタイムズ・スクエアでの車の爆破くらいでは、彼に海外での戦争を決断させることはできない。そうする代わりに、ライアンはただ、国内のセキュリティを強化するだろう。

そう、だから、アメリカの大統領にむりやり戦争をさせるには、おれの計画でなければだめなのだ、とビン・ラーシドは思った。

湾岸諸国の大金持ちの後援者たちが対アメリカ攻撃作戦の計画を練り、資金提供もおこない、その準備を監督もし、さらに実行の手助けもする、とビン・ラーシドはISの指導者たちに言った。もちろん、IS側は簡単に信じはしなかった。だが、ビン・ラーシドは仲介人を通して説得し、こちらにはそちらにない戦術面、戦略面双方の能力があるということを彼らに納得させた。ビン・ラーシドが必要としていたのは、ISの承認と最良の実行要員だけだった。言うまでもなく、すべてISがやったことにするのである。

ISは現在もがき苦しんでいた。この一年半のあいだ、戦場での大勝利がひとつもなく、イラクの原油をトルコやヨルダンに密輸して得ていた収入も欧米諸国連合の空爆によって大幅に減じられ、さらに空爆によって助けられたイラク軍やクルド人部隊に領土を取り返されもしていた。ISにとって、いま喉《のど》から手が出るほど欲しいのは欧米への大勝利であり、それ以上に必要なものはほかになかった。そして、今回接触してきたこの謎の〝湾岸後援者グループ〟は、まさにそうした勝利をもたらす力と計画を持っているように思えた。

そこでISの指導部は、ビン・ラーシドと自分たちの最上級工作員のひとりを会わせることにした。

二人が直接会って話をする場所には、コソヴォの北東部にある人口九万人ちょっとの町ポドゥエヴォが選ばれた。サウジアラビアもISもそこには足場を持っていて、サウジの工作員――ビン・ラーシドは湾岸協力会議（ＧＣＣ）という地域協力機構の職員ではあったが実質的にはサウード家の工作員――にとっても、アブー・ムーサ・アル＝マタリという名のIS工作員にとっても、ポドゥエヴォは安全な場所と思えた。サーミー・ビン・ラーシドは、アル＝マタリについてのあらゆる情報を湾岸諸国の情報機関の協力者《コンタクト》たちからすでに得ていた。アル＝マタリはイエメン人で、最近も自分で計画を練りあげ、アメリカ人のIS信奉者たちをシリアで訓練した。彼らをアメリカへもどしてテロ作戦を実行させ、大惨事を引き起こす計画だった。ビン・ラーシドはその計画を大胆不敵で、かなり巧みに組み立てられ、発想は素晴らしいと思いはしたが、さまざまな欠陥があるとも思った。

だから、それが惨《みじ》めに失敗してしまったのも、まあ当然のことではあった。アメリカがシリアの訓練キャンプを発見し、CIAとFBIがそこにいる者たちをテロリストと断定したため、アメリカ合衆国大統領ジャック・ライアンが下した利己的で、どう見ても違法な命令によって、ドローンによる空爆が次々に加えられ、訓練キャンプは灰燼《かいじん》と化してしまったのだ。

その空爆が行われたときにはすでにアル＝マタリは訓練キャンプから去っていて、難を逃れた。アメリカのパスポートを持つ数人も同じ幸運に恵まれた。だが、アル＝マタリがラッカにもどったとき、殺されずにすんだISの聖戦戦士《ジハーディ》志望者たちもヨーロッパとアメリカの空港でいっせいに逮捕されてしまった。こうしてアル＝マタリの計画は水泡に帰した。

サーミー・ビン・ラーシドとアブー・ムーサ・アル＝マタリがコソヴォで会ったのはそのあとのことで、それから数カ月後にアル＝マタリは中央アメリカにいて、欧米への大規模なテロ作戦があと数日ではじまろうとしていた。そして、それが実行されれば、世界秩序は引っくり返り、万代つづくカリフ制国家が生み出されるにちがいない、とアル＝マタリは確信していた。

9

その道路は、エルサルバドル共和国のなかでは人口密度がいちばん高い首都サンサルバドルから南へまっすぐ太平洋岸まで延びていた。エルサルバドルの基準では〝いい道〟であり、その終着点であるラ・リベルタのビーチはサーファーにとって中米一の浜辺のひとつになっている。そのため全世界からサーファーが訪れる。

だが、そうしたサーファーもラ・リベルタ県のサンラファエルという村まではやって来ない。その村は海岸から北へ数マイル、サンサルバドルとラ・リベルタをむすぶ自動車専用道路からも西へ二、三マイル、離れていたからだ。そして、これまでに村の北東に広がる丘陵にまで分け入った外国人は、たとえいたとしても、ほんのわずかにちがいなかった。なにしろ、そこまでのぼるには、雨季にはまったく通れなくなる曲りくねる岩の多い山道を辿《たど》らなければならないのである。

だが、そこまでやってのぼってきた者は、ジャングルのど真ん中に鍵のかかった鉄製のゲートを見ることになる。実は、それは広大な私有地のフロントゲートなのだ。

その私有地の所有者がだれなのかは地元の人々にもはっきりわからなかった。そこを自分のものだと主張する者は近辺にはひとりもいなかったからである。地元民の大半は、メキシコかグアテマラの麻薬カルテルが所有しているのだろうと思っていた。茂みや切り立った岩壁や深い小峡谷といった自然のバリアがないところには必ずフェンスが設置されていて、サンラファエルの村人でその私有地のなかに入ったことのある者はひとりもいなかった。常駐の管理人はいなかったが、なかをのぞけるほど近くにまでだれも来させないように、地元の警察が目を光らせている、という噂《うわさ》だった。

そこは三〇年以上にもわたって訪れる者とてない見捨てられた土地だった。ところが、六週間前のある日、不思議なことが起こった。

ある日曜日の午後、三台の大型SUVがガタガタ音を立てながらサンラファエルの村を走り抜け、そのままとまらずに丘をのぼっていった。三台ともレンタカーだったが、ナンバープレートは付いていなかった。この極めて珍しい出来事を目撃した村人たちは、乗っていたのは運転者も含めて全員、ラテンアメリカ系だったと確信したが、彼らはみな帽子をかぶり、サングラスをかけ、顎鬚《あごひげ》をたくわえていた。警察はその者たちを煩《わずら》わせるようなことは一切しなかった。それで、警察はそいつらが来ることを知っていたのだと村人にもわかった。きっと、賄賂《わいろ》をもらい、ほうっておいてくれと言われたのだろう。

そのあと二、三日間、六人のラテンアメリカ系の男たちが村にやって来て、生活に必要なものをごっそり買いこんでいった。二、三十人が一カ月以上暮らせる分量だった。男たちが話すのを聞いた村人たちは、みんなグアテマラ人だったと言った。サンラファエル村の住民たちは、何も訊かないほうがいいことくらいわかっていた。だから、ただ、こいつら麻薬組織の連中はいつまでいる気だろうか、滞在中にもっとたくさん村にお金を落としてくれるのだろうか、と思うだけだった。

二週間後、ふたたび四輪駆動のSUV数台――これらもみなサンサルバドルで借りられたレンタカーにちがいなかった――からなる短い車列が、サンラファエルを走り抜け、それからまもなくして銃撃音が聞こえだした。銃撃音は、初め遠方から散発的に聞こえてくるばらばらの小さな音にすぎなかったが、次第に強まり、間隔も狭まって、まとまりのある大きな音と化し、丘を下って村に襲いかかるようになった。

小さな爆発音も聞き取れるようになった。

そうした音が何週間かつづいた。村人たちは、麻薬カルテルの者たち同士の戦いだったらそんなに長くつづくはずがない、と思った。そこで、何らかの訓練をしているにちがいない、と考えた。

サンラファエルの村人のだれひとりとして訪れたことのないゲートの向こう側には、錆《さ》びたトタン波板の建物がいくつか並んでいて、灼熱《しゃくねつ》の陽光を浴びていた。それらは一九八〇年代の内戦中にエルサルバドル軍が建てた兵舎で、そばにはCIAが使っていた小さな滑走路が一本あったが、いまではジャングルの草木におおわれて見えない。ともかく、現在そこに滞在している者たちは、アメリカの政府機関とも、八〇年代とも、当時の内戦とも、まったく関係がなかった。

サンラファエルの村人たちは最初にやって来た六人について思い違いをしていた。六人はたしかにグアテマラ人ではあったのだが、麻薬組織の者たちではなく、戦闘訓練のインストラクターだった。そして、彼らがこのエルサルバドルの片田舎の使用されなくなった土地にやって来たのは、一時的な小火器戦闘訓練学校を開設し、ある一団を鍛えるためだった。

六人とも、グアテマラ軍の悪名高い特殊部隊カイビレスの元隊員だった。いずれも五〇歳代なので、内戦中の八〇年代には二十歳《はたち》そこそこの若者だったわけであり、当時ここエルサルバドルの北隣のグアテマラで残虐な戦争を戦った。その後は傭兵《ようへい》となって働き、ラテンアメリカ中での戦闘に参加したほか、訓練教官という仕事もこなしてきた。

六人の男たちはまず二週間かけて訓練学校の準備をした——発電機を設置し、インターネットを使えるようにし、銃器と弾薬をチェックし、車で運びこんだ水を補うための雨水貯留施設までつくった。

彼らを雇ったのはパナマのペーパーカンパニーだった。雇われたグアテマラ人たちはその会社を探ったりはしなかったが、それでも、自分たちが訓練するのはどのような者たちなのかという点については関心があった。六人の元カイビレス隊員たちはみな英語をしゃべった。それが〝訓練生〟たちの素性を推測する手がかりにはなったが、英語は国際語であったので、それを流暢《りゅうちょう》にあやつる中東の男がやって来たとき、びっくり仰天したグアテマラ人はひとりもいなかった。中東の男はムハンマドと名乗り、ある一団をイエメンに送りこんで、そこの政府と戦わせるために、戦闘訓練をほどこしたいのだ、と説明した。

グアテマラ人たちはイエメンのことなどあまりよく知らず、それでさらに関心が薄れた。報酬はよく、仕事は簡単にすむはずだった。それに、この訓練がうまくいけば、これからも繰り返し依頼することになるだろう、と中東の男は約束した。

〝訓練生〟たちは二日間にわたって到着した。総勢二七人。中東の者たちばかりだろうと予想していたグアテマラ人たちは、中東系に混ざって、アメリカ人、黒人、さらに他のラテンアメリカ系もいるのを見て驚いた。男ばかりだろうという予測もはずれ、女も三人いた。ひとりは黒人で、もうひとりがラテンアメリカ系アメリカ人、残りのふたりが黄褐色の肌をした中東系だった。

どうでもいい、とグアテマラ人たちは思うことにした。この男ども女どもがどこから来ようと知ったことではない。こいつら、メキシコ人魔女《ブルーハ・メヒカナ》やアホ馬鹿外国野郎《グリンゴ・ペンデホ》が中東で撃ち殺されたいと思っているのなら、それは本人たちの問題で、おれたちには関係ないことだ。

元カイビレス隊員たちが新たにやってきた男女を鍛えているあいだ、ムハンマドはその訓練全体の監督にあたったが、日中の大半の時間を衛星電話とラップトップ・コンピューターを使って過ごした。グアテマラ人〝教官〟たちは、ムハンマドはすでに戦闘術を身につけているか、そんなことは学ぶ必要がないか、そのどちらかだろう、と思った。

むろんグアテマラ人たちは質問など一切しなかった。

夜になると彼らは、兵舎から二、三百メートル離れた小川のそばに張った自分たちのテントに引きあげたが、ときどき夜半をとうに過ぎても話しこむムハンマドと訓練生たちの声を耳にすることがあった。ムハンマドが果たすべき任務についていろいろ吹き込んでいるのだろう、もしかしたらイエメンでの作戦に必要となる具体的な知識をたたき込んでいるのかもしれない、とグアテマラ人たちは思ったが、だからどうだということもなかった。そうしたことについても、ほんとうにどうでもよいと思っていた。

グアテマラ人たちは知る由《よし》もなかったが、ムハンマドの本名はアブー・ムーサ・アル＝マタリだった。イエメン軍将校の父親と、イスラム教に改宗したイギリス人援助活動家の母親とのあいだに生れ、三九歳になる。イエメンだけでなくロンドンでも暮らし、その双方で育ったと言ってよい。

イエメン軍に入って歩兵部隊の尉官《いかん》を務めていたこともあったが、イラクで聖戦戦士《ジハーディ》たちとともに戦うため祖国をあとにした。黒い旗が中東の地を横断しはじめたからである。真のイスラム国家の樹立に参加することこそが、それまでアル＝マタリがだれにも打ち明けられなかった夢だったのだ。

最初アルカーイダのために、次いでシリアとイラクでＩＳのために戦い、そのうち敵陣の後方で作戦を展開する殉教者集団のスカウトと訓練をもっぱら担当するようになった。アル＝マタリは実に巧みにその仕事をこなすようになり、訓練した戦士たちが大成功をおさめたので、ISという名の〈カリフ国〉が北アフリカにまで進出したとき、彼は戦闘工作員訓練のためリビアへ送りこまれた。

リビアで彼が訓練した者たちも赫々《かっかく》たる戦功をあげ、その後まもなくIS対外情報局はアル＝マタリを戦域の外での作戦に投入することに決めた。アル＝マタリは戦闘地域の内《なか》よりも外でのほうが本領を発揮できると判断したのである。こうして彼は、外国人をスカウトして戦闘術を教えこんだあと、祖国にもどしてそこで聖戦《ジハード》作戦を実行させる、という方法を提案した。戦いを敵の玄関先にまで移動させたら効果があるのではないかと考えたのだ。その提案は受け入れられ、すぐにアル＝マタリはモスルの事務所でスカウト担当者たちをたばねる仕事を開始した。彼らはインターネットを使って西アジアや北アフリカの国々に住む者たちを、さらには欧米諸国で暮らす男女をもなんとか取り込もうとし、掲示板でやりとりしたり、Ｆａｃｅｂｏｏｋ《フェイスブック》やＴｗｉｔｔｅｒ《ツイッター》の投稿に返信したりして、そうした者たちを見つけた。

そしてそうやってスカウトされた者たちは、シリアに送られて訓練されたのち、ＩＳのために人を殺せと命じられて祖国へ送り返された。

アル＝マタリにスカウトされ訓練された者たちは、まずトルコ、エジプト、チュニジア、アルジェリアで、次いでベルギー、フランス、オーストリアでジハード作戦を実行した。

作戦はすべて成功し、アル＝マタリはIS指導部から褒美《ほうび》をもらい、さらに大胆で野心的な計画を練るようになった。シリアまで戦いに来たがる者たちの世話をする時間などもうなかった。海外でISの作戦を実行できる男女を見つけて鍛えることに時間のすべてを費やした。それがなかなか難しい仕事だった。そもそも、頭がよくて、熱意があり、パスポートや身分証の類《たぐい》もしっかり持っていなければ、海外での作戦を成功させられる優秀な戦闘員にはなれないからだ。

そのうちアル＝マタリは〝現在考えうる最高の戦功〟を立てる努力をしようと思い立った。アメリカ国籍の者たちをスカウトし、よその国でジハード作戦のための訓練をほどこしたのち、IS戦闘員としてアメリカに送り返したい、と思ったのだ。

そしてそれを実行に移し、取り込んだ一団を徹底的に訓練して、あとはもうアメリカへ戻すだけというところにまでこぎつけた。ところが、まさにそこでその計画はたたき潰《つぶ》されてしまう。

訓練キャンプが空爆され、アル＝マタリがアメリカへ戻すべくなんとか旅客機に乗せることができた少数の戦士たちも欧米各地の空港で逮捕されてしまったのだ。こうしてアメリカでの最初の作戦は大失敗に終わり、彼には作戦を実行する集団も計画もなくなってしまった。

だが、そういう状態は長くはつづかなかった。

コソヴォに行って、そこの隠れ家《セーフ・ハウス》である男に会え、とIS対外情報局の最高幹部に命じられたからだ。じっくり腰を据え、その男の考えに耳をかたむけ、戻ってきてIS指導部にそれに関する自分の意見を伝えてくれ、とのことだった。

アル＝マタリは疑い深い人間だった。だから危険な仕事をしていてもいままで生き延びられてきたのだ。それでも彼はその命令にしたがった。今回の場合は、そうしたほうがむしろ生き延びられるチャンスが高まったからである。

彼はまずトルコに密入国し、そこから飛行機でコソヴォへ向かった。

コソヴォでの話し合いは草木が青々と茂る中庭でおこなわれた。そこは三階建ての建物で完全に取り囲まれていて、さらにISの戦闘員たちがその建物の外側をしっかり護《まも》っていた。

アル＝マタリは相手がどういう人間なのかまったく知らなかった。中庭に入っていくと、ゆったりした中東の服に身を包んだ男がひとり、シンプルなテーブルについていた。テーブル上には紅茶《ティー》セットが置かれている。

アル＝マタリが腰を下ろすや、その男は来訪者のために紅茶をそそぎ、言った。

「われわれが直接会うのは今回かぎりです」

アル＝マタリは紅茶に手を伸ばした。彼はこれまでの経験から、どんな者でも疑ってかからなければならないということを知っていた。イスラム教徒の服と手厚いもてなしだけで他人《ひと》を信用してはならない。「わたしはこの話し合いがどういう種類のものであるのかということさえ知りません。わたしはただ命じられてここに来たのです」

男はゆっくりとうなずいた。

年は自分より上だ、とアル＝マタリは思った。五〇歳といったところか？　それにひどく自信ありげだ。

男は言った。「わたしはあなたの最新の作戦がどうなったか知っています」

「わたしは何も明かしません。それについて何か知っていると、お思いなら、だれか重要人物からお聞きになったのかもしれません。あるいは愚か者から聞いたか。そのどちらであるかは、わたしにはわかりません。いずれにせよ、わたしは何も言いませんから――」

「あなたの試みを称賛します。巧妙な戦術に敬意を表します。あなたは勇敢で頭がよく、素晴らしい考えをお持ちだ」男は微笑《ほほえ》んだ。「わたしは戦術家ではありません。戦略家です。そして、すぐれた戦術家のあなたがいま必要としているのは戦略面での支援なのです。わたしはあなたの次の試みを支援できます。それが成功する確率を高められます。わたしからの支援で、あなたが想像もできないほど大きな衝撃を生じさせることが可能になります」

アル＝マタリは顔を上げて、まわりの古い建物を見やりながら紅茶をひとくち飲んだ。「あなたの訛《なま》り。サウジアラビアのかたですね？」

「そうです」

「わたしはサウジアラビアが嫌いです」

男は肩をすくめた。「わかります。サウジアラビアには石油と富がありますが、イエメンには駱駝《らくだ》とその糞《ふん》しかありませんからね」

アル＝マタリは思わずティーカップをにぎりしめた。カップが割れそうになった。サウジアラビア人はつづけた。「そんなことはどうでもいい。わたしはあなたとはちがって、スンニ派同士のいがみ合いには与《くみ》しません。われわれスンニ派はみな一致団結して、不信仰者およびシーア派と戦うべきだ、とわたしは思います。ただ、わたしは第一印象というものは信じます。そして、あなたのそれは決していいものではありませんでした。ですから、われわれは友だちになるためにここにいるわけではないことに同意し、話し合いをつづけることにしませんか？」

アル＝マタリは皮肉っぽく頭をすこしだけ下げて見せた。

年嵩《としかさ》の男は相変らずてきぱきと話を進めた。

「あなたがふたたびアメリカ人イスラム戦士《ムジャヒディン》グループを集められたら――それも、すぐに集めることができたら――わたしは安全な訓練地とトップレベルの戦闘インストラクターを提供できます。武器、弾薬、爆薬も用意できます。セキュリティも万全です。そうしたアメリカ人はジハードとは何の関係もない土地に送りこまれるので、アメリカの情報機関コミュニティに察知される心配はまったくありません。

ですが、最も重要なのは、あなたがしっかり訓練した兵士たちをアメリカに戻したとき、わたしはあなたが自分で獲得するなんて夢想さえできないターゲットをも提供できるという点です」

アル＝マタリはフンと鼻を鳴らした。「ターゲット？　ターゲットは問題ない。アメリカまるまるぜんぶがターゲットですから。わが戦士たちは車で通りを走りながら、そこにいる人間を無差別に撃っていくだけでいい。それでわが目的は達成できるのです」

サウジアラビア人は力をこめて首を振った。「ですから、そこで戦略が——戦術ではなく戦略が——重要になるのです。アメリカの一般市民を殺すのは時間の無駄、実りなき無益な行為です。あなたの兵士たちは、結局、追われ、殺されます。何をやったから？　ごみ収集作業員や、バスの運転手や、食料雑貨店主を殺したから？　それでは意味がない。わたしはあなたに、アメリカの戦闘能力を削《そ》ぐのに役立つターゲットを提供する、と言っているのです」

「どういうことですか？」

「わたしは、ＣＩＡで働く男女の住所を知ることができるのです。ラッカのあなたがたの頭上を飛ぶアメリカ空軍パイロットたちが子供を通わせている学校もわかります。休暇中のアメリカの特殊部隊員たちが銃を持たずに入りびたり、酔っぱらって無力になる酒場も知っています。さらに、そいつらが運転する車のナンバープレートの番号や、スパイや兵士の妻の勤務先も、わたしはあなたに教えることができます」

アル＝マタリは疑うと同時に驚愕《きょうがく》した。「どうやってそんな情報を手に入れるんですか？」

「どうやっては問題じゃない。それを理解するのは、わたしにとっても、あなたにと

って も難しい。だが、こう自問してみてくれませんか、兄弟？　自分はショッピングモールにいる子供たちを撃ち殺すために懸命に努力したいのか、それとも、はるか遠くからわれわれを攻撃してくるアメリカの戦闘能力を大幅に奪うために精一杯頑張りたいのか、と。アメリカ国内でそういう戦いをすれば、やつらをこちらへ――われわれの地まで――引きずり出すことができ、われわれは最終的に勝利を収めることができるのです」

アル＝マタリは返した。「われわれの、、、、、地とはどこですか？　アメリカ軍がやって来るとしても、サウジアラビアが戦場になるということはない。あなたの国は不信仰者たちとなれ合い、アメリカと良好な関係にありますからね」

しかし、サウジアラビア人がイエメン人の嫌みを気にしていないことは明らかだった。サーミー・ビン・ラーシドはアブー・ムーサ・アル＝マタリの目がきらめくのを見逃さなかったのである。いまビン・ラーシドが受け入れさせようとしている提案は、まさにアル＝マタリが飛びつかずにはいられないものだった。アメリカ国内で軍人と情報機関員を殺害するということの価値を、アル＝マタリはテーブルの向かい側に座る男に負けず劣らず、しっかりと理解できた。

サウジアラビア人は言った。「ISのだれもが欧米のあからさまな行動を望んでいます」

　アル＝マタリはうなずいた。「言うまでもない。われわれはアメリカの大規模な侵略を望んでいます。われわれがいま戦いの相手としているのはクルド人、イラク人、シリア人です。うまくやれば欧米と戦えるというときにね。そう、欧米はいま航空機やドローンを空高く飛ばしているだけです。地上でわれわれと戦うのが怖いのです。しかし、アメリカが一〇年前のように再度イラクの都市に地上部隊を投入する事態になれば、暴動が拡大し、遠方のモロッコやインドネシアからも兄弟たちがふたたび大挙して押し寄せてきて、アメリカ軍は粉砕され、不名誉な撤退を強いられることになるでしょう」アル＝マタリは浮かび上がってきた笑みを抑えこもうとしたが、完全にそうすることはできなかった。「中東でも北アフリカでも東南アジアでも、それぞれの国の人々が立ち上がって現体制に戦いを挑み、われらが〈カリフ国〉はそうした国々をも一気に呑《の》みこむことになるでしょう」

　サウジアラビア人は熱烈にうなずいた。「そのとおりです、兄弟！　ジャック・ライアン大統領自身、スパイであり兵士だったのです。あなたの戦闘工作員のひとりが、バスローブ姿のやつのスパイを玄関先で射殺したら、ライアンはどうしますかね？　われわれが昼食をとっている最中のやつの兵士を殺したら、ライアンはどうするでしょう? 行動を起こします。アメリカは行動します。絶対にこちらまで来て、戦闘を開始します」

年嵩の男はいまや笑みを浮かべていた。「そして、そう、あなたとその〝正義の集団〟がアメリカ国内で真の戦いを開始するや、遠隔の地アメリカでも春に花がいっせいに咲きだすように急進的な同志たちがいたるところで立ち上がるのです。あなたの奮闘が疑いようのない成果をあげたことをわずかでも世界に示すことができれば、あなたはさらに多数の男女を取り込め、戦いに参加させることができます。思い出してください、ISの最初の二年間のことを。その新〈カリフ国〉に外国の兄弟や姉妹までもがどっと流れこんできたのです。うまくやれば、ふたたびそういうことが起こるのです。だが今度は、〝馬鹿《ばか》な青年たちがシリアの肉挽《にくひ》き器のなかに走りこむ〟なんてことにはならない。男も女もアメリカ国内で戦うのです、まさに敵の中心で。よき訓練、教え、指示を受け、自分たちが暮らしていた界隈《かいわい》へと送り返されるのです。土地勘があり、馴染《なじ》んでよくわかっている土地——あなたやわたしよりもずっとよく知っている地——で、彼らは戦うのです、兄弟。そうすれば、中東でのわれわれの戦いにも変化をもたらすことができます。そうした男や女は〈カリフ国〉の外国部隊となりうるのです」

イエメン人が口をひらくよりも前に、サウジアラビア人がさらにもうひとこと付け加えた。「そして、あなたが、わが兄弟、あなたがそれを始動させるのです。これからの数年、あなたが状況を一変させる人物となるのです」

当然ながらアル＝マタリは、うますぎる話だ、と思った。「戦闘工作員をアメリカへ送りこむことならできます。すでにアメリカで協力者《コンタクト》を何人も見つけ、新たなグループをつくりあげてもいます。彼らはジハードのために死ぬ覚悟です。しかし、その前に、彼らに殺しかたを教える必要があります。その訓練地ですが、どこですか？」

サウジアラビア人は紅茶をひとくち飲んでから、にやっと笑った。「しかるべき時が来たら、教えます。まずは、アメリカのパスポートか学生《スチューデント》ヴィザか就労《ワーク》ヴィザを持っている男女の戦闘工作員候補を見せてください。そうしたら、訓練ができるようにします」

アル＝マタリは言った。「アメリカへ送られたシリア難民も何人か知っています」

「それはだめです」サウジアラビア人は切り捨てるようにきっぱりと言った。「そういう者たちは厳しい監視下におかれます。過度の穿鑿《せんさく》にさらされずに、もっと自由に動ける男女だけを集めるようにしてもらいたい。攻撃の第一波が成功し、それが単なる無差別テロではなく、不信仰の兵士たちと戦うイスラム戦士の作戦であることを世界が知ったら、自発的に戦いをはじめる者たちの波がつづき、われわれの崇高な目的に同調したそうした人々が、あなたの善き仕事を何十倍、いや、何百倍にもしてくれることでしょう」

具体的な目標を得て、アブー・ムーサ・アル＝マタリは心が決意と力で満たされるのを感じた。そんなことは、まだはじまってもいなかった作戦をアメリカに壊滅させられて以来、初めてのことだった。

「もし神が望みたもうなら《イン・シャー・アッラー》」アル＝マタリは言った。

「イン・シャー・アッラー」サウジアラビア人も鸚鵡《おうむ》返《がえ》しに言った。

こうして、中庭で紅茶を飲みながら話し合った二人の男は合意に達し、軍人と情報機関員を標的にする〝アメリカ国内での戦争〟が開始された。

10

アブー・ムーサ・アル＝マタリは新たな目標を得てコソヴォを去った。彼は新しい後援者の名前さえ知らなかったが、その男がIS（過激派組織「イスラム国」）指導部に精査され承認された人物であることはわかっていた。ただ、問題のサウジアラビア人が渡すと約束した情報をどのようにして獲得するのかは想像もつかなかったし、その男の動機を理解することも、信用することさえもできなかった。そもそもアル＝マタリは大きな疑念を抱いてコソヴォにおもむいたのだ。それでも、かつてないほど興奮してシリアにもどり、そのときにはもう新たな任務に乗り出す気になっていた。

IS指導部とさらにもうすこし協議を重ね、アル＝マタリは計画を前進させてもよいとの許可を正式に得た。

アメリカで聖戦士《ジハーディ》候補者をスカウトするというのは難しいことではなかった。だが、アメリカ政府のいかなる監視リストにもなく、すでに監視下にあることもなく、正規の免許証、パスポート、身分証の類を持っていて運転も旅も自由にできるうえ、法執行官に偶然調べられても切り抜けられ、さらに、Ｅｍｎｉ《エムニ》（ＩＳ対外情報局内の〝海外作戦実行可能戦士の取り込み〟等を担当する部署）の作戦を実行するのに必要となる知力、言語能力、ソーシャルスキルをも備えている、そういうジハーディ候補者をスカウトするとなると……それはなかなか難しい。いや、それだけではない。今度の作戦には、〝前歴のない者《クリーンスキン》〟――これまでにＩＳとの関係も過激行動歴もまったくない者――が必要であるということもアル＝マタリにはわかっていた。

そうした者たちを見つけるのも難しいのだが、アル＝マタリはクリーンスキンを見つけるうえで役立つさまざまな事実を知っていた。

ＩＳに忠誠を誓ったかどで、さらには国内でＩＳ支援のテロ攻撃実行を計画したかどでアメリカ政府機関に逮捕された者がだれであるかは、一般のアメリカ人には見当もつかないが、アブー・ムーサ・アル＝マタリはそれを知っていた。彼はＩＳ関連逮捕者に関するＦＢＩの最新統計資料を暗唱することができた。たとえば、それによると、アメリカ国内でＩＳのための違法活動により告発された人々のうち、七八人がアメリカ国民、八人が永住権を持って合法的に滞在していた者、五人が難民で、アメリカに法定住所がない者の大半が学生《スチューデント》ヴィザでの滞在者だった。

そして、ほぼ三分の一が大学となんらかの関係があり、八七％が男性で、平均年齢はわずか二一歳。

ＩＳに協力したとしてＦＢＩに逮捕された者のうち七二％には前科はまったくなかった。

物質的な支援をしたというのがほとんどのケースだった。ＩＳの過激思想に共鳴する者は驚くほど多いが、そうした人々のなかから直接行動に移せる者たちを取り込み、聖戦《ジハード》作戦グループを組織するとなると、アル＝マタリにとっても生やさしいことではない。ただ、中東までおもむき、ＩＳのために武器をとってジハードをやりたいという男はかなりいるし、女も少数だがいる。

アメリカにだって、そういう者はもっとたくさんいる。ＦＢＩが見つけたのはほんの氷山の一角にすぎない。

たとえば、ミシガン州ディアボーンに居住するイスラム教徒はそうとうな数にのぼる。むろん、そのうちの九九％、いや、それ以上は、アル＝マタリの目標とは何の関係もないが、その都市《まち》には、武器をとって不信仰者と戦ってもよいと思っている不満をいだく若者が確実に数百人はいる。だが、失業者を街《まち》で拾って、ワシントンＤＣに送りこみ、国防総省《ペンタゴン》職員を殺させればいい、というほど事は簡単ではない。イラクやシリアやリビアでの戦闘に適した者たちをスカウトして利用したら、作戦全体を危険にさらすことになる。そうした若者はアメリカ国内での政治的暗殺作戦には向いていない。

そう、だから人選にはとことん注意しなければならない。

インターネットを使って配下のスカウト担当グループと情報交換しながら調査に数週間を費やしたのち、アル＝マタリはアメリカ全土に散らばる七〇人の男女を選んだ。彼らはジハードに参加する意思をひそかに表明していたうえ、スカウト担当者たちに戦闘工作員になる資質ありと判断された者たちだった。

アル＝マタリは二人一組のスカウト・チームにアメリカ中を移動させて、面接・評価をさせ、七〇人を三九人にまで絞りこんだ。そうやって候補者とされた人々は、その時点ではどういう依頼を受けるのかということまでは知らされず、そのうち何かの仕事をしてもらうとIS指導部が判断したとだけ伝えられた。シリアへ行って文字どおりジハードをするのだと思いこんだ者もいたが、スカウト担当者から受けた質問をつなぎ合わせて推測し、アメリカ国内での活動に参加するのだと思った者もいた。

アブー・ムーサ・アル＝マタリはさらにかなりの時間を費やして、この残った三九人を念入りに調べた。それでまず二人が候補からはずされた。その二人は、いかなるテロリスト監視リストにも載っておらず、過激派になる可能性があるとアメリカの政府機関に判定されたわけでもなかったが、ジハード支持の見解を大っぴらに表明したり、FBIの監視下に入ったことがあったりしたからだ。

そういう者たちを選んでは具合の悪いことになりかねない。今度の作戦には一点の〝汚れ〟もない人々が必要なのだ。作戦の終了日が設定されていないからである。アル＝マタリとしては、攻撃が開始されたあとも、FBIが個々の実行者たちに関心を示すということがまったくないようにしておきたかった。

さらにアル＝マタリは数人を除外した。身体上の問題があったからである。太り過ぎの男や、膝《ひざ》の傷がまだ治っていない男がはぶかれたのだ。

アブー・ムーサ・アル＝マタリは最終的に候補者を三一人にまで減らした。そして、ふたたびアメリカ在住のスカウト担当者たちが彼らにひとりずつ会って、活動する機会を提供するが、やる気はあるか、と問うた。

二七人が、ある、と答えた。アメリカでの活動には参加したくない、と答えた者は四人で、そのうちの三人は、中東の前線で戦いたいという願望が強かったので、そのうち連絡する、と言われた。

残るもうひとりは、フロリダ州ハランデール・ビーチでコンビニを経営している三三歳の男だった。この男は、最近イスラム教に改宗したばかりの妻に、ISのスカウト担当者と話し合ったことをしゃべってしまい、妻が警察に通報しないといけないと言い張った。男は拒否したが、心配になってスカウト担当者に連絡し、妻がトラブルを起こすかもしれないから注意してくれ、と言った。

三日後、別のISチームが車でハランデール・ビーチにやって来て、目出し帽で顔を隠し、店のカウンターで働いていたその夫婦を二人とも撃ち殺してしまった。

そしていま、アブー・ムーサ・アル＝マタリはエルサルバドル西部の丘陵にいて、スカウトされて訓練に励んできた二七人を見わたしている。彼らはみな、ちょうど一カ月の訓練を終えたところだった。

グアテマラ人の〝教官〟たちは午前中に去り、夕方になって、いまや最後の光がジャングルから消えようとしているとき、アル＝マタリは錆びた兵舎が見える干上がった川床に戦闘工作員たちを集めた。彼らはみな岩の上や川床の急な斜面に腰を下ろし、アル＝マタリはその前に立った。

アル＝マタリは〝訓練生〟たちが誇らしかった。彼らは教官たちに小火器戦闘訓練をしっかり施され、小部隊戦術をたたきこまれ、素手での格闘術やナイフでの戦闘術も教わった。さらに、爆弾の製造法も、仕掛け爆弾《ブービー・トラップ》の設置法も習った。ひとり残らず鍛え上げられ、みんな一人前の戦闘員になった。ここにやって来たとき、ほとんどだれも銃の構えかたさえ知らなかったのに、最終日には全員がＡＫ－47自動小銃でなら一〇〇メートル以上先の、Ｕｚｉ《ウージー》サブマシンガンでなら五〇メートル先の、拳銃《けんじゅう》でなら一五メートル先のターゲットを素早く自信をもって撃ち抜けるようになっていた。再装塡《さいそうてん》もあっというまにできるようになったし、武器を小銃から拳銃へ替えるのも最小限の動きで可能になり、二人または四人でグループ行動して、互いに掩護《えんご》したり仲間の再装塡時に撃ちつづけたりする連係プレーもできるようになった。錆びついた車から撃ったり模擬手榴弾《しゅりゅうだん》を投げたりもしたし、簡単なブービー・トラップや爆弾をつくったりもした。

どう見ても特殊部隊の実力はなかったが、彼らは三〇日間の訓練によって充分に役立つ戦闘工作員部隊にはなった。発砲数はアメリカ陸軍・基本訓練一〇週間コースの兵士のそれよりもずっと多かったし、受けた訓練は「ターゲットを殺害し、それをまた繰り返せるように逃げる」ということのみを目指すものだった。

いまこうやって訓練を受けたクリーンスキンたちを見つめていても、あまりの変わりようにアル＝マタリが初めて会ったような錯覚をおぼえる者が何人もいた。全員が厳しい訓練で体重を落としてしまったが、明らかに強くなったし、自信を持てるようにもなった。目つきだって冷酷になり、来《きた》るべき〝戦争〟への準備はととのった。たしかに個人差はあって、優秀さのちがいはあるが、完全に落第という者はひとりもいなかった。アル＝マタリが注意して観察しつづけてきた者たちが何人かいて、彼はそれらの者たちの能力を考慮し、できあがった戦闘工作員部隊の力をうまく生かせるように作戦内容をいくらか調整した。だが、全体的に見て、〈語学学校〉というコードネームをつけたこの施設で訓練を受けた者たちには大満足だった。

もともと関係のある者たちをのぞいて、ここに集められた男女は互いの名前さえ知らなかった。アル＝マタリは彼らが到着したときにそれぞれに番号を割り当てた。歳《とし》や序列は関係なかった。到着順に番号が振られ、最後にやって来た女が27という番号をもらった。

アル＝マタリは彼らを細胞——ぜんぶで五つ——に分け、それぞれの細胞に名前をつけたが、それを当人たちに教えることはなかった。メンバーたちと話をするときは1から5までの数字で各細胞を呼んだ。

アル＝マタリは彼らを地理的に分け、メンバーの居住地の中心となる都市を各細胞の名前とした。〈シカゴ〉は男五人、女一人からなる細胞だった。その六人は二つの家族に属し、全員が移民二世だった。アル＝マタリは早い段階からその細胞が最も能力の高い最強チームのひとつと見抜いていた。

カリフォルニアの細胞は〈サンタクララ〉と名付けられた。ここのメンバーも男五人に女一人だった。パキスタンのパスポートを持つ者が二人、イギリスのパスポートを持つパキスタン人が二人、そしてドイツのパスポートを持つトルコ人が二人。トルコ人は夫婦だった。全員がサンフランシスコの大学に通う学生。トルコ人のほかは互いに知り合いでもなかった。それがいまや、生活をともにして訓練に励み、いっしょに汗をかいて血を流す仲になっていた。

〈フェアファックス〉は五人の男からなる細胞だった。そのうち四人は国籍をきちんと取得したアラブ系アメリカ人で、出身地はアルジェリア、エジプト、レバノン、イラク。残りの一人はデイヴィッド・ヘンブリックという名のアフリカ系アメリカ人だった。このヘンブリックは〈語学学校〉の最優等生で、ほぼ完璧《かんぺき》な仕上がりだったが、ほかのメンバーは決断力にいささか難があり、何かというとすぐに言い争いをした。それでも、残りの四人も銃を撃つことはできたし、大義への入れ込みよう、やる気という点では〈フェアファックス〉も他の細胞にまったく引けをとらなかった。

アル＝マタリはアメリカの首都の近くにはもっとまとまりのある細胞を配置したかったが、とりあえずその〈フェアファックス〉で間に合わせ、必要に応じて他の細胞をワシントンDCに送りこんで支援させればいい、と考えていた。

〈アトランタ〉も五人――男四人に女一人――だった。一人以外はみなアメリカ国民で、そのなかには、イスラム教に改宗し、三年前にインターネットを使ってソマリアの過激派グループに接触した、アラバマ州に住む二三歳になる金髪碧眼《へきがん》の男もいた。彼はソマリアまで戦いにでかけ、アメリカの政府機関にその行動をまったく知られることなく帰国するのに成功した。だから、アル＝マタリはその若者をチームに加える危険をおかす価値があると判断した。曲がりなりにも戦闘訓練を受けたことがあるのは、今回集めた二七人のうち彼だけだったからである。この細胞のメンバーにはミシシッピ州に住む黒人の女もいた。アンジェラ・ワトスンという名の、非常に頭のよい大学生で、中東で戦うためにISに入ったチュニジアの学生とひそかに結婚していた。彼女は〝ジハードのための子づくり〟をしたいという思いがあって、夫とともに中東へ向かうつもりだったが、アメリカでISに仕える機会が訪れ、だれにもイスラム教の聖戦戦士《ジハーディ》だと見抜かれることはないとわかっていたので、夫ともども〈語学学校〉まで飛んできたのである。そして、訓練をはじめると、あらゆる点で夫の技量を上まわった。

〈デトロイト〉も強力な細胞だった。メンバー数はやはり五人。全員がアメリカ国民か永住権を取得した男だった。アル＝マタリはこの細胞に、〈シカゴ〉同様、いちばんきつい任務を与えるつもりだった。

アル＝マタリは英語で〝訓練修了生〟たちに語りかけた。英語がこの訓練キャンプに参加した者たち全員が理解できる唯一《ゆいいつ》の言語だったからである。アル＝マタリはイギリス訛りとはっきりわかる英語をしゃべったので、前で話を聞いていた二七人の男女はみな、彼はイギリス人なのだと思った。

「きみたちが受け持つ任務についてもうすこし詳しく話すべきときがきた。まず、このことを知ってほしい――きみたちはいまや兵士、戦士、イスラム戦士《ムジャヒディン》になった。きみたちはアメリカのメディアからテロリストと呼ばれることになる。だが、きみたちのターゲットはテロリストのそれではない。ターゲットはイスラム――ＩＳ――と戦うアメリカの能力を削ぐために丹念に選ばれたものであるということを、きみたちもまもなく知ることになる。きみたちは自らの戦いを大いに誇れるようになる。それは当然のことなのだ。なぜなら、きみたちは〈カリフ国〉の獅子《しし》、ジハードの前衛となるのだから」

二七人はいっせいに歓声をあげた。

〈サンタクララ〉に所属する若者のひとりが問うた。「ムハンマド、われわれはグアテマラ人が持ちこんだ武器を使って訓練を受けました。しかし、どうやって武器を持ってアメリカへ戻るのでしょうか」

アル＝マタリは答えた。「いいかね、きみたちはみな、家族には語学学校で勉強してくると言って、ここに来たのだ。全員が帰りも旅客機に乗る。旅客機で帰るんだから、武器なんて持っていけない。きみたちがアメリカで必要とするものはすべて、わたしが運びこむ。そして、作戦開始前にきみたちに届ける」

アル＝マタリが作戦内容を詳しく話しはじめたとき、だいぶ離れたところ、トタン波板の建物の近くに、ピックアップ・トラックのヘッドライトの光があらわれた。トラックはとまり、そこから男がひとり降りて、あたりを見まわした。アル＝マタリは懐中電灯の光を男のほうへ向けた。暗くなりかかっていたので、男はすぐにその光に気づくにちがいなく、それでアル＝マタリのいる場所がわかるはずだった。

男は三〇〇メートル離れたところから、干上がった川床に集まっている者たちのほうへ向かって歩きはじめた。

アル＝マタリは〈語学学校〉の〝生徒〟たちのほうへ向きなおった。「きみたちは全員、今夜ここをあとにする。だが、去る前に、最後にもうひとつだけ訓練をしてもらう。いまこちらに歩いてくる男は、指示を受けてこの土地を購入したペーパーカンパニーのオーナーだ。今夕、手配料の残金を受け取りにここまで来るようにと言われて、やって来た」アル＝マタリはしばし間をおいた。「あいつは不信仰者だ。わたしは顔を覚えられた。それに、われわれがやっていることを怪しんでもいた」

ミシシッピ州に住むアフリカ系アメリカ人の女が手を挙げた。「教官たち……彼らも不信仰者でした。そして、われわれがやっていたことをしっかり知っています」

アル＝マタリはうなずき、にやっと笑った。「グアテマラから来た教官たちは午前中に、ここから車で南西へ一時間半ほどのところにあるプラヤ・エル・ゾンテ近くの格納庫に駐機しておいたヘリコプターに乗った。レーダーに捉《とら》えられないように低空飛行してグアテマラへ戻るつもりだった。わたしの二人の協力者が彼らのヘリコプターに〝びっくりプレゼント〟を仕掛けた。ヘリコプターがエルサルバドルの海岸から離れて、グアテマラとの国境が見えるようになったとき、高度二〇〇フィートを飛行中のヘリが突然爆発してしまった。生存者はいない」

だれも何も言わなかったが、目を大きく見ひらいた者は何人かいた。

アル＝マタリは近づいてくる男を指さした。あと二〇〇メートル。

「五つの細胞に分かれて小声で相談し、いま近づいてくるあの男を殺すメンバーをひとりずつ選んでくれ。各細胞が、わたしの目の前で〝血祭り〟をいちばんうまく実行できる代表を選ぶんだ。処刑人として最も信頼できる者をひとり。そうやって選ばれた五人のうち、最終的にだれにするかは、わたしが決定する。一分のうちに代表を決めてくれ」

各細胞が代表をひとりずつ選び終わったときには、男はもう五〇メートルしか離れていなかった。アル＝マタリは自分が戦士たちの指揮官として有能であることを確認し、誇らしかった。五つの細胞のうち四つが選んだ処刑人は、アル＝マタリの予想どおりだった。〈アトランタ〉だけが意外な人選をした。処刑を実行する者として、ミシシッピ州に住む二二歳になる大学生の女を選んだのだ。アル＝マタリはちょっと驚いた。彼女は兵站《へいたん》専門、細胞の頭脳となるのだろう、と彼は考えていたからだ。それはいまも変わらず、たぶんそうなるのだろう。それに加えて、この戦闘工作員部隊のために〝血祭り〟を実行する最初の戦士となるのにふさわしい人間として指名されもした、ということだ。なかなか大したものじゃないか、とアル＝マタリは思わずにはいられなかった。

ついに男が彼らのところまでやって来た。夕方になっても残っている暑さで汗をかいていた。六〇歳をとうに過ぎている。居心地が悪そうで落ち着かないようすだ。男は〝生徒〟たちを見まわしてからアル＝マタリのほうへ視線を移動させた。

アル＝マタリはにっこり微笑んで見つめ返した。そして、ひとことも発せず、ナイフを引き抜くと、それを男の喉《のど》に突き刺した。刃が下方へ引かれ、気道が切り裂かれるまで、男は何の反応も示さず、じっと突っ立ったままだった。血が勢いよく噴き出し、ラテンアメリカ人は気味の悪いゴボゴボ、ゼーゼーという音を立てながら川床の岩場に崩れるように倒れこみ、そこに横たわって動かなくなった。

アル＝マタリは配下の者たちに向きなおった。全員の顔にショックと当惑の表情が浮かんでいるのを見てとった。「ようし」まだ、一気に高まった心拍数をもとに戻そうとしていた。「実は、いま選ばれた五人には別のことをやってもらう。わたしがいるときは、不信仰者を殺すのに助けなど必要ない」

付着した血をハンカチでぬぐってから、ナイフをシャツの下に隠されていた鞘《さや》に戻した。

「各細胞はいまリーダーを選んだのだ。処刑人に選ばれた者がリーダーとなる。わたしは処刑人に細胞を仕切らせたいのだ。なぜなら処刑こそが、きみたちの第一かつ唯一の仕事なのだから。みんな、わかったか？」

〈アトランタ〉細胞のひとり――学生ヴィザでアメリカに滞在しているアメリカ系ヨ

ルダン人――がアラビア語でアル＝マタリに言った。「いやだ！　おれは女に指揮されたくない！　こいつを戦闘の最前線に立たせ、やる気を試すべきだ！　こいつがリーダーをやったことなどいままでないのだから！」

アル＝マタリは若いヨルダン人をにらみつけた。「では、きみはわたしの命令に背いたことになる。彼女にきみを殺させてリーダーとしての能力を証明させる、という手もあるな」

アル＝マタリは女のほうに顔を向けた。女は二人が何を話しているのか見当もつかなかった。

アル＝マタリは英語で言った。「27番、きみは細胞メンバーの男たちを率いて戦争を開始する準備ができているか？」

二二歳のアンジェラ・ワトスンは答えた。「あっ、はい、サー。絶対に失敗しません」

アル＝マタリはうなずいた。アメリカ系ヨルダン人は沈黙した。

「これからきみたちはみな、アメリカに帰る。だが、もうモスクには行かないし、友だちに会うこともない。イスラム教徒としての生活はもう送らない。そう、これまでの生活と決別するのだ。われわれが用意した隠れ家《セーフ・ハウス》へ行ってもらう。そこで静かに暮らし、だれにも脅威を感じさせない平穏な日々を送り、まわりの人々にまったく怪しまれないようにするんだ。

しばらくして、わたしが訪れ、武器を渡す。同時に、ターゲットも教える。それらのターゲットが殺害され、もし神が望みたもうなら《イン・シャー・アッラー》、わたしはさらにターゲットを割り振る。そしてそれを何度でも繰り返す。もしもジハードに参加させてほしいと言ってくる者がいたら、わが兄弟・姉妹、武器を渡して、そういう者たちだけで楽《ソフト》なターゲットを攻撃するように仕向けろ。だが、きみたちの最優先任務はつねに、アメリカの軍および情報機関への直接行動でなければならない」

アル＝マタリはにやっと笑った。

「いまから一カ月後……アメリカは混沌《こんとん》となる。三カ月後……欧米の軍部隊が〈カリフ国〉で戦うために中東へ向かう。そして一年後、イン・シャー・アッラー……やつらの軍部隊は、打ちのめされ士気をくじかれ、永久に撤退してしまう。放置された不信仰者どもの死体は肥料となって、われらが土地を豊かにする。やつらは敗走し、二度と戻らない。五年以内に、〈カリフ国〉はシーア派をイランもろとも消滅させ、その石油をも支配する。さらに〈カリフ国〉は、メッカをわがものにする暴君どもを破滅させ、切断されたサウジアラビア国王の生首をカアバ神殿の前にさらし、われわれはその地の石油まで掌中におさめる。

欧米には原爆の火でわれわれを焼き殺すことはできない。われらが油田は今後一〇〇年もつのであり、石油がなければ欧米は死ぬしかないからだ」

アル＝マタリは顔の前で手をにぎりしめた。「油田はわれわれのものになる」

次いで彼は手を下げ、首《こうべ》をたれた。「ただ、われわれ二八人は、その日を目にすることはできない。その日まで生き延びられない。ジハードで命を落とすのだ。われわれは自分たちと家族のために天国を勝ち取るのである。未来のすべてのイスラム教徒のため、今生の旅を良きものにするのだ……われらが貴重な犠牲によって全イスラム教徒が受けることになる恩恵を想像してみるがいい」

聴いていた者たちはみな、来るべき聖なる戦いを思って畏敬《いけい》の念に打たれ、アル＝マタリと一体になった。

「きみたちは圧制者を切り殺す剣、抑圧されている者たちを護る楯《たて》だ。われわれの前には二つの道しかない。勝利か、しからずんば殉教か」

二七人の〈語学学校〉の〝生徒〟は叫んだ。「神は偉大なり《アッラーフ・アクバル》！」

午前一時、一カ月前にサンラファエル村から丘をのぼってきたSUVが、ふたたびその村を走り抜けて自動車専用道路へ出ようと、同じ道を下っていった。村人たちはそれに気づき、これで銃撃音はやみ、村のバカ犬どももあまり吠《ほ》えなくなるのだろうか、と思った。

11

月曜日の朝の九時、〈ザ・キャンパス〉の三人の工作員たちは、それぞれ湯気の立つコーヒーカップを手にして、ジョン・クラークのオフィスに集合した。今夏はワシントンDCもいやに暑く、服装はカジュアルなもので、ジャック・ライアン・ジュニアとドミニク・カルーソーはポロシャツにドレスパンツという格好だった。一方、クラークは半袖《はんそで》のボタンダウン・シャツを着ていて、ドミンゴ・〝ディング〟・シャベスはドレスシャツの袖を筋肉隆々たる前腕の半ばまでまくり上げていた。

ふつうは、本題の仕事の話に入る前に、気軽なおしゃべりを少しばかりするのだが、若手の二人がなおも、金曜日にメリーランドで行われた訓練での失敗をひどく気にしていて、今日のところはそういうことにはならなかった。若い二人は年嵩の二人から出る合図にしたがうつもりだった。今日の会合中にジョークが飛び出すとしても、それは自分らからはじめないほうがいい、とドミニクにもジャックにもわかっていた。二人がそうなるのではないかと思っていたとおり、ジョン・クラークは世間話など一切せずに、いきなり本題に入った。「自分が現場仕事から離れ、サムが死んで以来、おれはずっと戦力の増強を計画してきた。だから、いまのような人員不足のなかで複雑な直接行動作戦を遂行するのがどれほど難しいか、ジェリーにもわかってもらいたかった。正直なところ、きみたちは成功するとおれは思っていた。きみたちが戦闘後再検討《アフター・アクション・レヴュー》で、戦闘員がたったの三人では非力もいいところだと話すのを、ジェリーに聞いてもらうつもりだった。ところが、きみたち二人は大失敗してしまった。まあ、おれの主張が見事に証明されたわけで、そのこと自体は喜ぶべきことなのかもしれないが、金曜の訓練によって、もしきみたち二人が現実に同様の作戦を実行していたら死んでいた、ということがわかったとなると、よかったとは絶対に言えない」

だれひとり口をひらかなかった。

クラークはテーブルについている三人をゆっくりと見まわした。そして言った。

「よし。下手な言い訳なんて聞きたくなかった。そもそも、気骨のある高潔な人間でないかぎり、自分のミスなんてそう簡単には認めないものだ。ともかく、おれがいまやらなければならない仕事は、明らかに必要となっている〝助け〟をなんとかきみたちに与えるということだ。

きみたち三人は週末によく考えたはずだ。ディング、まずはきみからはじめてもらおうか。工作員としてだれを推薦する?」

〝ディング〟・シャベスは答えた。「バルトーシュ・ジャンコウスキーを推薦します」

クラークは首をかしげた。その名前に聞き覚えがなかったからだ。「だれだい、それ?」

シャベスはにやりと笑った。そういう反応が返ってくるにちがいないと思っていたのだ。「ミダスというのが彼のコールサインでした。それでわかるでしょう?」

もう何年も前のことになるが、〈ザ・キャンパス〉はウクライナで小規模なデルタフォース部隊とともに戦ったことがある。ロシアがウクライナ東部に初めて侵攻したときのことだ。バリー・〝ミダス〟・ジャンコウスキーはそのデルタフォース部隊の指揮官で、なかなか大した男だったとクラークも記憶していた。

「いいかも。いまどうしているのかわかっているのか?」

シャベスは言った。「訊《き》いてまわりました。フォート・ブラッグの〝フェンスの中〟に何人か友だちがいまして」

〝フェンスの中〟がデルタフォース隊員であることを意味する婉曲《えんきょく》表現であることはクラークも知っていた。デルタフォースの本部はノースカロライナ州ファイエットビルに隣接するフォート・ブラッグの一角にあり、実際にフェンスで他の部隊から隔離されている。と言っても、まあ、名目上ではあるが。

「で？」

「幸運なことに、ミダスは退役したばかりだそうです。軍には二〇年もいたのですが、まだ三八歳です。最終的な階級は大佐です」

クラークは計算した。「二〇年いて、その歳でOということになると、マスタングだな」

「そうです」シャベスは認めた。

ジャックが言った。「また軍隊用語でおしゃべりですか。Oって何ですか？　マスタングって？」

「Oは士官《オフィサー》、マスタングは下士官から昇進した士官のことだ。ある時点で大学へ行かなければばならない。その後、下士官から士官になる。ふつう、素晴らしい士官になる。指揮される者たちの視点から軍隊を見てきたわけだからな」

シャベスがあとを承《う》けた。「とにかく、バリーについてはいいことしか耳にしませんでした。ポーランド系一世で、バルトーシュというのがほんとうの名前なんですが、ふだんの生活ではバリーで通っています。部下から愛され、他の士官たちからも尊敬されていました。デルタは彼を失ってさぞかし残念でしょう」

クラークは訊いた。「いまは何をしている？」

シャベスはふたたびにやっと笑った。「釣り」

「何っ？」

「ＣＩＡに入局申請書を提出したのですが、調査・審査にずいぶん時間がかかるようでしてね、元デルタフォース隊員でも例外ではありません。家族、親類に外国人がたくさんいて、ＣＩＡとしては不安がいくらかあるのかもしれません。軍隊はあまり気にしなかったようで、彼をすんなりデルタに入れましたが」

クラークは驚かなかった。「ＣＩＡという組織にはときどき当惑させられることがある。ＣＩＡがその問題にけりをつけるのはいつごろになる？」

シャベスは言った。「何かわかるのではないかと思ってジミー・ハーデスティに電話しました」ハーデスティは〈ザ・キャンパス〉のことを知る数少ないＣＩＡ局員のひとりだ。「『ミダスが欲しいなら、早いとこかっさらったほうがいいぞ』と言われました。といっても、ミダスを知るある男によると、彼はいま、フォート・ブラッグの敷地にテントを張って、湖や川で釣りを楽しんでいるということです。ふたたび荒っぽい仕事をはじめる前に休暇をしっかりとっておこうということじゃないですか」

クラークはメモをとった。「いい選択だ、ディング。よし、ではジャックに移ろうか。きみはだれを推薦する？」

ジャックは言った。「アダム・ヤオ。ＣＩＡ局員。数年前、香港《ホンコン》でいっしょに仕事をしたことがあります。それから、去年、あの北朝鮮問題に係わっていたときにカリフォルニアでばったり出遭いました。非常に優秀な男で、頭は切れるし、間違いなく勇敢です。それに、この上なく仕事熱心。さらにマンダリンも話せますから、それも大いに役立つ可能性があります」――マンダリンは北京《ペキン》官話とも呼ばれる標準中国語（普通話）。

クラークは返した。「若いね、おれの記憶では」

「いえ、それはもう何年も前のことで、もう若いとは言えません。すでに三四歳くらいにはなっていると思います。そりゃまあ、自分との比較という問題もありますが」

ジャックは悪戯《いたずら》っぽくキラッと目を輝かせた。彼はヤオよりもさらにほんのすこし若いが、クラークはヤオの倍の歳になる。

クラークはむっとして目を細めた。「ここからでも手はとどくぞ、ジャック。ぶっとばされたいのか？」

「あっ、すみません、ボス。ともかく、ちょっと調べてみまして、彼はいま現場仕事をしていないということがわかりました。ＣＩＡ本部《ラングレー》でデスクワークをしています」

クラークはしばし考えこんだ。「ジェリーにメアリ・パットと相談してもらわんといかんな。彼女やキャンフィールドの配下の者を勝手に引き抜くわけにはいかない。だが、きみはいい男に目をつけた」

クラークはドミニクのほうに顔を向けた。「オーケー、ではドム、きみが推薦する男は？」

ドミニク・カルーソーはためらった。

ほかの三人とも、じっとドミニクを見つめていた。痺《しび》れを切らせてクラークがふたたび口をひらいた。「ドム、大丈夫か？」

「はい。ええと……そのう、わたしはですね、アダーラ・シャーマンを工作員に昇進させたらどうかと思うのですが……」

ジャック・ライアン・ジュニアは思わず声を洩《も》らした。「うわっ、参った」

たちまちドミニクは自分の提案を弁護しはじめたが、顔には不安があらわになったままだった。「だから、そのう、われわれは彼女が現場でやってきたことを知っているわけです。海軍での彼女の経歴も知っています。うちでも素晴らしい仕事をしていますし、彼女の身辺調査だって、これ以上不可能というくらい、すでに充分になされているわけです。それに、トレーニングだって、めちゃくちゃにやっています。われわれがしていないようなトレーニングだってやっているんです」

クラークはずっと黙ったままだった。三〇秒ほどしてやっと、片眉《かたまゆ》を上げてシャベスのほうを見た。「どう思う?」

シャベスは答えた。「頭のなかを駆けめぐりつづけている心配がひとつあります。それはどうやって機上の業務をこなしている彼女の代わりを見つけるか、ということです。現在、彼女は完璧な仕事をしていますからね」

クラークはうなずいた。「アダーラ・シャーマンを昇進させることについての最大の問題が、いまの仕事を完璧にこなしている彼女の代わりを見つけるのが難しいという心配なら、ドムはとてつもなく的確な推薦をしたことになるな」

実は、ドミニクはだれかがそう言い出すのを恐れていた。

クラークはジャックのほうへ視線を移した。「きみは『うわっ、参った』と言ったが、何が参ったのかね? 女といっしょに活動するのが嫌なのか? それともアダーラだから困るということなのか?」

ジャックは顔を赤らめ、気まずそうに一同を見まわした。「どちらでもありません。アダーラは最高です。ただ……」

「ただ、何だ?」

ジャックはドミニク・カルーソーを見つめた。だが、それは一瞬のことで、すぐに目をそらせた。「彼女はとっても優秀な工作員になると思います。ええ、ほんとうにそう思います」

それだけ言うと、ジャックは口を閉じ、もう何も言わなかった。

しかし、ドミニクにはジャックの心の内が読めた。ジャックはアダーラがおれのガールフレンドであることに気づいていて、おれのことを心配してくれているのだ、とドミニクは思った。おれがまた親しい者を失うかもしれないと恐れているのだ。

ジャック・ライアン大統領は朝の状況説明《ブリーフィング》に国家安全保障問題担当者たちの同席を要求していて、今朝もまたその最高幹部たちがみなキャビネット・ルーム（閣議室）に顔をそろえていた。驚くべきことに、今朝のブリーフィングでは、アメリカが中東で実行中のIS（過激派組織「イスラム国」）への空爆と特殊作戦は、ライアンに注意を向けさせる必要ありと判断された重要危険地域項目の三番目にまで落ちこんでしまっていた。だが、その戦闘地域では何の進展もない、というわけではなかった。実際はまさにその真逆で、現在、イラク軍およびクルド人部隊を支援するアメリカ軍と、イランと同盟関係にあるシーア派部隊が、多数の戦線でISを押しやりつつあった。

しかし、他の国際紛争地域も毎日、アメリカ合衆国・最高司令官の第一の関心事になろうと競争しているのであり、どこが主役の座を射止めるかは、ＰＤＢと略称される大統領日報（プレジデンシャル・デイリー・ブリーフ）を書く男女次第ということになる。

今朝の第一の項目は、中国が南シナ海に建設した人工島に長距離爆撃機が着陸したということであり、それについて一五分間話し合われたあと、話題はロシアが画策中のウクライナ東部への侵攻に移った。もしロシア軍の侵攻をまともに受ければ、ウクライナ軍だけで持ちこたえることは困難になる。

どちらも、少なくとも表面上は、アメリカ軍部隊が係わる進行中の軍事作戦にくらべたら国益への影響度は低いように見える。だが、独特な立ち位置にあるアメリカは世界に対して責任があり、その最高司令官は世界のあらゆる場所で起こっているすべての危機についての最新情報を知っている必要がある。

世界中にさまざまな難問が次々に出現して、それらがきれいに片づくことなどありえないが、国際舞台から撤退して現実から目をそむけることこそ、アメリカ合衆国大統領としてやってはいけない最悪の行動だと、ライアンにはわかっていた。そう、難問をすっかり解決することなど不可能だけれど、たゆみなく外交努力をつづけ、軍事力、情報収集力をも駆使すれば、どうにか危機を抑えこむことができ、アメリカおよびその同盟国をなんとか安全に保つことができるのだ。

ライアンはリストに目を落とし、今朝のブリーフィングの第三の項目を見つめた。

「オーケー、メアリ・パット、きみのイラクへの旅について話してくれ」

「ご存じのように」メアリ・パット・フォーリ国家情報長官は話しはじめた。「われわれはISの最上級現場指揮官アブー・ムーサ・アル＝マタリを追っています。この男は昨年の後半、アメリカのパスポートかヴィザを持つ一六人をしっかり訓練し、聖戦戦士《ジハーディ》に鍛えあげてから、わが国に戻そうとしたのですが、失敗しました。アル＝マタリはふたたび同様のことを試みる、とわれわれは考えています」

ライアンは言った。「そいつは、われわれがまったく知らないうちに、殺人者どもをアメリカ国内に放つことにもうすこしで成功するところだった。アル＝マタリのような男は、自分がどれだけ成功に近づいていたか、ちゃんとわかるはずだ。そう、だから、絶対にまた試みる。何かわかったことは？」

「アル＝マタリは六週間半前にシリアをあとにし、彼が〈語学学校〉と呼ぶ場所へ行ったことはわかっています。それが何で、どこにあるのかを、いまわれわれは調査中です」

ライアンは他のNSC（国家安全保障会議）メンバーを見まわした。「そこは単に外国語を学ぶ場所ではないと、どうしてわかるのかね？」

メアリ・パットはうっすらと微笑《ほほえ》みを浮かべた。「単なる語学学校である可能性もまだ排除できておりません。でも、そうではないのではないかとわたしは思っています。この情報はアル＝マタリの一〇代の妻のひとりから得たものです。彼女は拉致《らち》されたヤジディ教徒で、わたしが直接話を聞きました。これまでのアル＝マタリの行動・旅行パターンから、〈語学学校〉は通常の語学学校ではない、とわれわれは推断しています。どこか特定の場所を意味するコードネームであろうかと思われます」

NSA（国家安全保障局）長官が声をあげた。「うちの局でも、〈語学学校〉という言葉に関する広範なデータ・マイニングを実施しました」データ・マイニングは、厖《ぼう》大《だい》なデータをコンピューターによって解析し、これまで見えていなかった知見を得ることだ。「使用されたのは、ISに所属していると判明している者、その疑いがある者、IS関連組織に属していると思われる者、その他もろもろに関係するデータです」

「それで、何かわかったのかね？」

「そうやって〝干し草の山のなかの針〟を見つけようとしたのですが、残念ながら、

〝干し草の山〟は見つかったものの、〝針〟は見つかりませんでした。当然ながら、やつらは四六時中、語学学校について話し合っています。で、現在われわれは――われわれというのはNSAとCIAの情報分析官のことですが――いちいち人力でデータを綿密にチェックしています。いまのところ、これはというものは一切見つかっていません。語学学校という言葉が怪しい使われかたをしているEメール、録音された電話、盗聴会話、疑わしい者同士の国際通信は、まったくありません。これまでのところ、まだ」

ダン・マリー司法長官が口をひらいた。「NSAの管轄《かんかつ》外にあり、現在、連邦当局の監視下にあるアメリカ国内在住者に対して、同様の調査をするよう命じました。CONUSからCONUSへの通信が対象です」CONUSはコンチネンタル・ユナイティッド・ステイツ（アメリカ本土）の略。「そして、いまのところ、NSAのチェック同様、何も見つかっていません。しかし、いまもなお調査を継続しています」

メアリ・パットが言った。「アル＝マタリは〈語学学校〉をあるひとりの者とのあいだだけのコードネームとして使用しているのかもしれません。妻にされたヤジディ教徒の少女が耳にしたその言葉は、われわれの期待に反して、広範囲には使用されていないのではないでしょうか？」

今度はジェイ・キャンフィールドCIA長官が発言した。「しかし、われわれは中央アメリカで興味深いことが起こったという情報をつかみました。関係があるのかどうか、という点は、まだわかりません。一昨日、グアテマラの太平洋岸沖でヘリコプターが一機、墜落しました。死亡した六人は全員、グアテマラ軍特殊部隊の元隊員でした。ヘリコプターはそのうちのひとりが墜落の八週間前にグアテマラシティの会社から借りたものです。そのヘリコプターが最後に目撃されたのは、グアテマラの太平洋岸にあるモンテリコの小飛行場に着陸したときのことです」

ライアンは首をかしげた。「つづきがまだありそうだね？」

キャンフィールドはうなずいた。「グアテマラのCIA支局が事故死した男たちを探り、ダンの現地駐在の部下たちが男たちの妻らから昨日《きのう》話を聞きました。で、エルサルバドルへ行ってゲリラ戦術三〇日コースの教官をしてくる、と夫から言われた妻が二人いることがわかりました」

ライアンはゆっくりと次の質問をした。「だれにゲリラ戦術を教えるというんだね？」

「それはその二人の妻も知りませんでした。ダンはメアリ・パットにその情報を伝え、わたしもエルサルバドルのCIA支局にさらに探らせました。結局、何もわかりませんでしたので、いちおうDEAに助けを求めました」DEAは麻薬取締局。「もしかしたら何らかの情報を小耳に挟んでいるかもしれないと思ったので。DEAは中央アメリカでは見事な活動ぶりで、人的情報収集《ヒューミント》〝資産《アセット》〟をたくさん抱えていますからね。それで、太平洋岸で活動しているDEA要員が駐機中のそのヘリを見つけていたことがわかりました。それはエルサルバドルのプラヤ・エル・ゾンテ近くの小飛行場の格納庫に駐機していたのです。プラヤ・エル・ゾンテはヒッピー・サーファー・タウンといったようなところです。率直に言って、もしそこでテロ戦術を教えたとしたら、まさに異様な選択としか思えません」

「サーフィング・テロリストか」ライアンは言い、うめくような声をあげた。「脅威を生み出す母体《マトリックス》のなかにそれも加えておいてくれ」

それは冗談だったが、テーブルの向こう端にいたアーニー・ヴァン・ダム大統領首席補佐官がぼそぼそ言った。「そんなこと、メディアに聞かれたら大変です。彼ら、頭が爆発するほど興奮しますよ」

キャンフィールドはつづけた。「DEA要員がヘリの機体番号を書きとめていました。その番号がグアテマラの海岸沖で墜落したヘリのそれと一致しました」

ライアンは要約した。「するとつまり、グアテマラの元特殊部隊員がエルサルバドルの西部でゲリラ戦学校をひらいた、ということだね。その学校で学んだ可能性のあるグループをいちおう聞いておく必要があるかな？」

まずキャンフィールドが答えた。「地元の反乱分子、他の中央アメリカの革命勢力、南アメリカの反政府組織」

マリー司法長官があとを承けた。「ロス・セタス、ガルフ・カルテル、シナロア・カルテルといったメキシコの犯罪組織、麻薬カルテル、さらには中央アメリカおよび欧米各国に広がるMS－13とも呼ばれる大規模犯罪組織マラ・サルバトルチャ――」

メアリ・パットが推測の連鎖を断ち切った。「まあ、そういったものであるかもしれないけど、それは特別なプロジェクトのように見えるわね。それに、タイミングがわれわれの知っているアル＝マタリの動きとぴったり重なっている。いまのところ、アル＝マタリがこの西半球にいて、これに係わっているかどうかは、まるでわからない。でも、われわれはそれをも念頭において目を光らせつづけます、大統領」

会議は数分後に終わり、メアリ・パット・フォーリ国家情報長官はキャビネット・ルームから大統領秘書官室へ出て、自分の携帯電話を回収した。オーヴァル・オフィス（大統領執務室）やキャビネット・ルームに入るときは、その前にかならず秘書官室のバスケットのなかに携帯を入れていくのだ。それがウェスト・ウィング（西棟）のルールだった。ホワイトハウスのウェスト・ウィングでは、オフィスや会議室はもちろん、廊下以外のほぼあらゆる場所で、携帯電話の使用が禁止されているのである。

メアリ・パットが廊下に出るやいなや、携帯が鳴りだした。彼女は相手がだれだか確認せずに応《こた》えた。

「はい、フォーリです」

「やあ、メアリ・パット、ジェリーだ」

「あら、面白い。いま、あなたのことを考えていたところなのよ。というか、正確に言うと、あなたの優秀な金融取引会社のことを考えていたの」

ジェリー・ヘンドリーは極秘民間情報組織〈ザ・キャンパス〉の長であると同時に、その隠れ蓑《みの》にもなっている表向きの会社ヘンドリー・アソシエイツの社長でもある。と言っても、ヘンドリー・アソシエイツ社は実体のないペーパーカンパニーなどではなく、ちゃんと仕事をしている金融取引会社で、〈ザ・キャンパス〉の作戦資金を稼ぎ出してさえいる。

しかし、メアリ・パットが自分のお金を投資しようと思っているわけではないことは、ヘンドリーにもわかっていた。そう、彼女のお目当ては陰の組織である〈ザ・キャンパス〉のほうなのだ。メアリ・パットは、国家情報長官室が統轄する情報機関のどこにも適していない作戦を、よく〈ザ・キャンパス〉にやってくれと頼むことがあるのである。だから、〝ヘンドリーの会社のことを考えていた〟というのは、〝また諜《ちょう》報《ほう》作戦をしてもらおうかと思っている〟という意味なのだ。

ヘンドリーは言った。「何か手伝えることがあるのかね？」

「いますぐ、というわけではないけど、まあ、そういうこと。近いうちにアレクサンドリアまでちょっとおしゃべりをしにいくわ」

「いつでもどうぞ、待っている。ただ、実を言うと、今日電話したのはそれにも関係があることでね。われわれは前ほど準備万端というわけではないんだ。知ってのとおり、現在、作戦遂行能力がいくらか不足している」

しばしの沈黙ののち、メアリ・パットは言った。「サムのことを考えない日はないわ」

「うん。わたしも。それで、われわれは組織に新たな血をすこしばかり注ぎ足すことにした。いま候補者をしぼりこんでいるところだ」

「それは歓迎すべき話だわ。わたしに手伝えることがあるかしら？」

「候補者のひとりになっている男なんだ。うちにも過去に彼といっしょに仕事をしたことがある者がいる。ただ、その候補者は現在ジェイのところにいるんで、言うまでもないが、きみの許可を得ないうちはいかなるアプローチもできないと思ってね」

「名前は？　知っている者なら、手放してもいいと思える人間かどうか教えられるし、知らない者なら、調べてみるわ」

「名前はアダム・ヤオ」

メアリ・パットはほんのすこし間をおいただけで、すぐに応えた。「ジェリー、わかっていると思うけど、あなたの作戦を支援するためなら何でもするつもり。あなたの組織はこの数年間にＩＣのなくてはならない重要な部分になった」ＩＣはアメリカの情報機関コミュニティ。

「だけど？」

「だけど、もしあなたがわたしからアダム・ヤオを奪ったら、自らそちらに乗りこんで、あなたの鼻にパンチを食らわせてやるわ」

ヘンドリーは笑い声をあげた。「そんなに優秀なのか、彼？」

「彼はジェイのスーパースターのひとり。彼がやったことについては話せない、あなたにだってね」

ヘンドリーはアダム・ヤオが香港と北朝鮮での作戦に従事していたことを知ってい

たが、それについては何も言わなかった。「では、ミスター・ヤオのことはあきらめる。彼はすでに能力を最大限生かせる地位にいるようだからね。それに鼻にパンチを食らいたくないし。実は先週えらい目に遭ってね」

「ほんとう？　どうしたの？」

「〝資産《アセット》〟の訓練を手伝ったんだ。いわゆるOPFOR――仮想敵部隊――の一員になった。で、その訓練がだれにとっても大成功とは言えない結末になってしまった」

「怪我《けが》したんじゃないでしょうね？」

「まあ、ふつうの絆創膏《ばんそうこう》の取り替えと、わが故郷ケンタッキーのバーボンをちょこちょこ繰り返し飲むくらいで治るものばかりだったけどね。模擬弾《シミュニション》を八発も食らったんだ。その模擬弾が期待していたほど模擬ではなくて、まいったよ。実は現大統領の息子にやられたんだ」

「おやおや。あなたまでOPFOR役に引っぱり出されるなんて、ほ、ん、と、う、に、人員不足なのね」

「この話をすれば、われわれが抱えている問題をよくわかってもらえるんじゃないか、と思ったんだ」

メアリ・パットは言った。「アダムを渡すわけにはいかないけど、お望みなら、そちらの新メンバーになるのにふさわしい者をほかに一〇人ほどは見つけられるわよ。いまはちょっと忙しいから、すこし落ち着いたらすぐ——」

ヘンドリーは返した。「心配しないでくれ。ほかに二人、優秀な候補者がいて、いま検討しているところだ。二人とも、いまのところICで働いていない。そちらのほうがどうなるか見てみることにする。候補者がもっと必要になったら、また連絡させてもらう」

「オーケー」メアリ・パットは応えた。「でも、最初に言ったように、一荒れしそうな雲行きなので、あんがい早く力を借りにいくことになると思うわ」

「では、いつ依頼が来てもベストを尽くせるよう、準備しておく」

12

若者が目に狂気を燃え立たせて、平らな地面を全力疾走していた。胸が大波のようにうねっている。疾走という激しい運動と、恐怖と、両手でにぎった自動小銃の重みのせいだ。突然、前方から金属の小さな塊《かたまり》が飛んできて骨を撃ち砕き、若者はガクンとうしろへ身を揺らし、体を回転させて土の上に倒れこんだ。即死だった。

その転がる死体から四メートルのところを、ホザン・バルザニは走りつづけた。弾丸が空気を切り裂く鋭い音を発しながら超音速ですぐそばを通過する。そうやって弾丸が絶え間なくすっ飛んでくるなか、茶色い不毛の地の上を走り、危険のなかへとまっしぐらに突っ込んでいく。左側でも右側でも男たちが次々に倒れていったが、バルザニはまだ被弾せずにすんでいる者たちとともにターゲットに向かって突進しつづけた。二〇〇メートル前方に、敵が要塞《ようさい》化した陶磁器工場がある。そこを占領せよ、というのが彼に与えられた命令だった。愚かな命令だ。左側でいま死んだ男や、周《まわ》りのいたるところで倒れていく男たちのように、自分もすぐにその愚かな命令にしたがった報いを受けるのだろう、とバルザニは思わずにはいられなかった。

イラク北部クルド自治政府の軍事組織はペシュメルガと呼ばれているが、その言葉の本来の意味は「死に立ち向かう者」である。ホザン・バルザニはペシュメルガの大《たい》尉《い》、中隊長だった。三日前には戦闘力のある部下は一二〇人もいたのだが、今日までに小銃を持て、引き金《トリガー》を引ける者は六六人にまで減ってしまっていた。中隊の重機関銃手たちは戦死し、機関銃は敵にぶんどられ、一門しかなかった無反動砲も戦闘の最初の数時間のうちに弾薬切れとなってしまった。

バルザニと部下たちが身を隠せる場所は、燃え尽きた戦闘車両二台の残骸《ざんがい》と、干上がった小川のような窪《くぼ》みだけだった。地面の窪みのほうは、ほんの少ししかないうえ角度がさまざまで浅く、どれもこれも、敵からしっかり身を隠せるような代物《しろもの》ではなかった。要するに陶磁器工場まで達しなければ、完全に身を隠せる場所はないということだ。そして、その工場はまだ一八五メートル先にあり、塹壕《ざんごう》のなかに入りこんだＩＳ戦闘員たちに固く護《まも》られている。

バルザニはまだ少年のころから、前から飛んでくる敵の弾丸と、前へ向かって飛んでいく味方のそれとのちがいを見分けることができるようになっていた。それで、敵の銃のほうがはるかに多いように思えた。弾薬も敵にはいくらでもあるようだった。

敵の残存兵員数は優に一〇〇人を上回っていると推算できたし、そうした戦闘員はみな、楯となるところや隠れ場所を有し、さらに重火器と戦闘車両にも支援されているのである。バルザニは、銃塔に同軸の重機関銃と機関銃を搭載したロシア製のＢＲＤＭ－２装甲偵察戦闘車二台を目撃したほか、機関銃をピックアップ・トラックに据え付けただけの即製戦闘車両《テクニカル》を少なくとも四台見ていた。

　この数カ月、戦略的状況はペシュメルガにとって好転しつつあったが、戦争ではよくあるように、実際の戦場では地図を見ているだけではわからないきわめて悲惨なことが起こっていた。クルド人部隊はアメリカおよび有志連合の航空戦力に支援されて、ＩＳに占領されたモスルに多方面から迫りつつあったが、ＩＳのほうはカラクへ向かう道路を東へ進むという奇襲反撃を実行した。戦略的に重要なカラクの橋を押さえる魂胆のようだった。

　北西の前線のすぐそばにいたペシュメルガの大隊が、カラクへ急行し、その敵部隊の前進をはばんだ。バルザニが指揮する中隊もその大隊に所属していた。

　カラクの橋はペシュメルガによって確保され、すべては順調に進んだ。だが、それも、バルザニのはるか上のだれかさんが、自分の思いつきをむりやり実行に移すことにして大隊を前進させた時点で終わってしまった。現場の事情にうとい者にとってはいい作戦のように思えたのかもしれないが、大隊に所属するバルザニの中隊もほかの三個中隊も疲弊し、痛ましいほどに武器・物資不足だった。こうして大隊は、車両も重火器も充分に持たぬまま、西へ進撃してＩＳの支配地域に入り、カレムルシュを占領せよ、と命じられた。

そして、その二日後のいま、自分は結局、死体となって発見されるのだろう、とバルザニは思っていた。むろんカレムルシュにできるだけ近づくつもりだが、生きてそこに到達できることはないはずだ。カレムルシュはなお何キロも先にある。

ペシュメルガの大隊が攻撃を開始するとすぐに、ＩＥＤ（手製爆弾）をどっさり積んだ民間の武装トラックが何台も、轟音《ごうおん》を響かせてＩＳ支配地域からモスル幹線道路を走ってきて、クルド人部隊に突っ込むかそのそばまで近づいて爆発した。この虐殺《ぎゃくさつ》を遅らせるために、バルザニの中隊は残っていたＲＰＧ対戦車ロケット弾をすべて使わざるをえなくなってしまった。そうした〝自爆タンク〟が相手では、ロケット弾の大半は何の効果もなかった。

そしてそのあと、遮蔽物《しゃへいぶつ》などほとんどない土地での接近戦となった。ＩＳ部隊は最終的に陶磁器工場まで後退したが、バルザニの中隊にはそこを間接攻撃できる武器はなく、敵を工場から追い出せるあてなどまったくなかった。そもそも、ＡＫ－47カラシニコフ自動小銃と革の戦闘靴だけで工場を占領せよ、という命令そのものが、まさに正気の沙汰《さた》ではないのだ。

バルザニは浅い窪みにつまずいて転び、なんと自分がＩＳの前線偵察地点に入りこんでしまったことを知った。彼は二人の黒装束の男を見てびっくりしたが、その二人もクルド人を見て驚愕《きょうがく》したようだった。バルザニ大尉は金属製の折りたたみ式銃床を腰にあてて発砲し、五メートルしか離れていない鬚面《ひげづら》の男を撃ち斃《たお》した。そして配下の軍曹のひとりが残りの敵の顎《あご》を撃ち抜いた。その瞬間、大尉と軍曹は同時に小声で「神は偉大なり《アッラーフ・アクバル》」と唱えたが、息遣いが荒くなっていて、その言葉は聞き取れなかった。クルド人の大半もイスラム教徒なのだ。

と、そのとき、まわりの土と小石が弾《はじ》け飛び、石の破片が大尉の顔面と両手をたたいた。たぶん工場の屋上に重機関銃が据えられていて、それがこちらをねらって火を噴いたのだろう。

バルザニはとっさに頭からダイヴして、死体が転がる小さな窪みのなかに身を隠した。そして首をまわして部下の軍曹を捜した。軍曹は窪みから三メートル離れたところで死んでいた。死体には頭がなかった。

バルザニは工場まで一気に走り抜けろ、と自分に命じていたのだが、訓練で学んだことに反射的にしたがってしまい、窪みのなかにとどまって頭を下げていた。機関銃の弾丸が頭から数インチしか離れていない土を撥《は》ね上げていたからだ。

近くで三人の男が倒れ、息絶えた。だが、ところどころ窪んでいる砂漠のような戦場を見わたすと、いまなお戦っている部下が何十人かいることがわかった。みんな小さな窪みを見つけ、そのなかに入りこんでいた。そうした勇敢な戦士とともに今日、自分は死ぬのだと思うと、バルザニの心は誇りで満たされた。だが、カラクのことが頭から離れない。一〇キロ後方にあるクルド人の町。そこで暮らすクルド人のことが心配なのだ。女たち。子供たち。高齢の者たち。そして負傷者たち。

工場を落とすなんて不可能だ、とバルザニはふたたび思った。おれも部下もみな死ぬことになる。そうなればISは、邪魔をする敵がいなくなって、まっすぐカラクへ向かい、車両に乗ったままメイン・ストリートを行進し、欲しいものを何でも奪い、クルド人は最後のひとりまで皆殺しにされるだろう。

機関銃が発砲をやめた。重機のようなものが移動する音が聞こえてきた。バルザニは窪みの端から前方に目をやった。ＢＲＤＭ－２が二台とも轟音を響かせながら陶磁器工場から出てくるのが見えた。五〇メートルの間隔をたもったまま、こちらに近づいてくる。

装甲偵察戦闘車は最大で一四ミリある鋼鉄の鎧《よろい》をまとっていて、ペシュメルガのカラシニコフ自動小銃では、弾丸が装甲板に弾かれる音で車両内部の敵兵を苛立《いらだ》たせるくらいのことしかできない。

しかも、バルザニの中隊の兵士たちは、工場の屋上に据えられた機関銃のせいで、まるで巣穴に逃げこんだ溝鼠《どぶねずみ》のように窪みから一歩も出られずにいる。だから、動けずにいるクルド人の兵士たちをきちんと皆殺しにするためにＢＲＤＭ－２のお出ましとなったわけである。

装甲偵察戦闘車のうしろから無装甲の即製戦闘車両《テクニカル》も三台、出てきて、敵の武器と戦闘員の数がさらに増えた。その車列を先導しているのは、荷台に50口径の重機関銃を搭載した白いトヨタ・ハイラックスだった。

いま退却を命じれば、生き残った者たちも背中を撃たれて死ぬことになる、とバルザニにはわかっていた。なにしろ隠れるところなどほとんどない平地をほぼ一キロも駆けて逃げなければならないのだ。バルザニは無線を通して可能なかぎり穏やかな口調で言った。「兄弟たち、装甲車両を撃って弾丸《たま》を無駄にするな。テクニカルのほうをやっつけるんだ。運転手を、射撃手を撃て。われわれは今日、殉教する。逃げ隠れしながらではなく、戦いながら殉教するんだ！」

ＡＫ－47をガチャガチャ動かす音が左右の地面から聞こえてきて、バルザニは励まされ、気持ちが高揚した。だが、それも、二台のＢＲＤＭ－２がＫＰＶ14・５ミリ重機関銃と同軸のＰＫＴ７・62ミリ機関銃をぶっぱなすまでのことだった。機銃掃射がはじまり、クルド人たちは頭を下げたまま動けず、虐殺されるのをただ待つしかなかった。

おれも部下たちもみな、こうやって窪みに伏したまま殺されてしまい、カラクは夜明けまでに占領されるにちがいない、とバルザニは思った。

近いほうのＢＲＤＭ－２があとわずか一〇〇メートルのところにまで迫ってきて、機関銃の弾丸がバルザニの左側の固い地面を激しくたたきはじめた。彼はそれをなんとか無視しようとした。自分がやるべきことは、こちらにまっすぐ突進してくる白いトヨタ・ハイラックスのフロントガラスにＡＫ－47のブレード状の照星《フロントサイト》を合わせることなのだ。トラックは車体を弾ませながら茶色い不毛の地を猛然と突っ切ってくる。その荷台に搭載された機関銃もダダダダッという凄《すさ》まじい音をあげながら火を噴き、銃弾を中空に撒《ま》き散らしはじめた。

トラックに発砲すべく照準を合わせたまさにそのとき、バルザニは頭上の空を切り裂くただならぬ音を聞いた。その方向へ首をまわした。と、その瞬間、いちばん近いところにいたBRDM-2が土埃《つちぼこり》のなかに消えるのが見え、彼は目を激しく瞬《しばた》かせた。BRDM-2は前進も発砲もやめてしまった。いったい何が起こったのか、さっぱりわからず、ペシュメルガの大尉はうろたえ、土埃がおさまっていくのを見まもった。するとまたはじまった。

金属が引き裂かれる音が聞こえ、強力な機関砲の砲弾が次々に命中し、装甲車両から火花と炎が噴き出した。次いで凄まじい爆発が起こり、車両のまわりの地面から舞い上がった土埃を突き抜けて火の玉が噴き上がった。

バルザニは左右に首を振って部下たちを見やった。だが、そんなことをしても無駄だとわかっていた。いま目撃したばかりのことを起こせる武器が自分たちの手のなかにないことは、中隊のだれよりもよく知っていた。

左手のかなり離れたところにいた兵士が、青空の北のほうを指さした。バルザニはそこに浮かぶ小さな点に目の焦点を合わせるのに一秒かかったが、その点は見る間にぐんぐん大きくなってきた。攻撃ヘリコプターだ、アメリカの。数秒のうちに機首から閃光《せんこう》が走った。チェーン駆動方式の機関砲を撃っているのだ。

バルザニは視線を移し、もう一台のBRDM-2を見やった。と、ちょうどそのとき、その装甲車両もまた、平らな地面から舞い上がった茶色い土埃につつまれた。

最初のヘリのすぐうしろ、空のかなり高いところに、もうひとつ点が見えた。ヘリがもう一機いる。

その二機はアメリカ陸軍のアパッチ攻撃ヘリコプターで、いままさにバルザニとその部下たちに命綱を投げたのだ。

ペシュメルガのホザン・バルザニ大尉は、一〇〇〇メートル北の平地の上を全速で飛行するヘリコプターの無線通信を聞くことなどできなかったが、もし聞けたら、やりとりする女性の声のあまりの穏やかさに驚いたかもしれない。

「火《パイロワン》1-2《ツー》、こちら火《パイロワン》1-1《ワン》。ターゲットＢ《ブラヴォー》を破壊《トースト》。みな軽装甲。無装甲車両《ソフト・スキン》への攻撃に移る」

男の声が即座に答えた。それは、攻撃したヘリのすぐうしろ、かなり高いところにとどまっているヘリからの応答だった。「こちら火《パイロワン》1-2《ツー》、了解《ラジャー》。即製戦闘車両《テクニカル》を破壊《スモーク》しろ」

「こちら火《パイロワン》1-1《ワン》、攻撃する」

キャリー・アン・ダヴェンポート大尉はＡＨ-64Ｅアパッチ攻撃ヘリコプター――コールサイン、火《パイロワン》1-1《ワン》――の副操縦士／射撃手だった。彼女のヘリはいま、陶磁器工場の一五〇〇ヤード北でホヴァリングしていた。ISの機関銃の有効射程よりもほんの少しだけ遠かったが、ヘリに搭載されているM230機関砲《チェーンガン》の砲弾のほうは工場まで充分にとどく位置だった。

ダヴェンポートのすぐうしろ、一段高くなったところにあるコックピットには、パイロットのトロイ・オークリーCWO－3（三等准尉《じゅんい》）がいた。オークリーはヘッドセットのマイクに言った。「あのクソ野郎をぶったたいてくれえ！」

キャリー・アン・ダヴェンポートは発射ボタンを押して機関砲を一〇連射し、コンソール上の多機能ディスプレイに浮かぶテクニカルのカメラ映像を見まもった。砲弾はすべてそれて、走るトヨタ・ハイラックスのすぐうしろの地面をたたいただけだった。

「ああっ失敗、調整する」

「大丈夫、次は命中です」パイロット席からオークリーが励ました。

ダヴェンポートはテクニカルが進む先をねらい、ふたたび発射ボタンを押した。M230機関砲が発砲を開始すると、灰色の煙が機首の左右五〇フィート下まで吐き出された。機関砲の砲口から30ミリ弾が射出されるや、一五〇〇ヤード先を猛スピードで走っていたトヨタ・ハイラックスが引っくり返り、屋根を下にしたまま横滑りし、たちまち炎につつまれた。

「おおっ、くそっ！」オークリーは叫んだ。「こいつもベスト場面集《ハイライト・リール》に入る大戦闘だぞ」

ダヴェンポートはすでに次のターゲットを捜していた。「残弾、七〇発。ああ、ハイドラが何発か残っていたら！ それでテクニカルを破壊し、30ミリ弾《マイク・マイク》は隠れ場所のない兵隊たちに浴びせられたのに」

ハイドラはハイドラ70無誘導ロケット弾――2・75インチＦＦＡＲ（小翼折り畳み式空中発射ロケット弾《フォールディング・フィン・エアリアル・ロケット》）――のことだ。火1《パイロワン》-1《ワン》も火1《パイロワン》-2《ツー》も、徹底的な近接支援任務をおびてハイドラ70三八発フル装備でアルビル近郊の前線基地を飛び立ったのだが、その無誘導ロケット弾をすべて、モスルのすぐ北にあったＩＳの武器庫と燃料貯蔵庫への攻撃に使ってしまったのである。

「できることをすればいいんです。あと五分でビンゴ」パイロットは〝あと五分で安全な帰投に必要な最小限の燃料しか残っていない状態になる〟と副操縦士でもある射撃手に告げた。

ダヴェンポートは返した。「了解《ラジャー》。残ったトラックをやっつけたら、ここから離れよう。外にいるやつらはペシュメルガに片づけてもらうしかない」

ＡＨ－64Ｅ二機からなるこの飛行分隊は、第一目標のターゲットを破壊して基地にもどろうとしていたとき、カラクの西で大規模な戦闘が行われていることを知らされた。一〇〇マイルにもわたる半円形の戦線のあちこちで交戦がある現状では、全体的に見て、カラク周辺の戦闘は戦略的に重要とは見なされなかった。たしかにＩＳはカラクの橋を押さえようとしていたが、クルド人部隊にもイラク軍にもその幹線道路を使って西へ進攻するつもりはなく、もしＩＳがそこまで攻め進んだら、取り囲んで孤立させる、というのがアメリカ軍部隊の最初からの戦略だった。

それでも、火《パイロ》飛行分隊は、隠れ場所のないところを前進せざるをえなくなったペシュメルガの中隊に何台もの敵のテクニカルや軽装甲車両が近づいているという報告を受けると、ムーヴィング・マップ・ディスプレイと燃料残量と使用可能な武器をチェックした。そして、基地に帰る前に寄り道をして攻撃飛行をいくらかやるくらいの燃料も武器もあると判断した。

火《パイロワン》１－２《ツー》は戦闘に参加しなかった。ロケット弾はゼロのうえ、Ｍ230の砲弾も五〇発しか残っていなかったからである。だから、高いところにとどまって掩護《えんご》にまわり、目標捕捉《ほそく》の手伝いと緊急時の支援をすることになった。ダヴェンポートとオークリーが搭乗する火《パイロワン》１－１《ワン》が、地上を動きまわる格好のターゲットを引き受けた。

最後のテクニカルがＵターンし、全速力で陶磁器工場へもどりはじめた。だが、火１《パイロワン》‐１《ワン》は、撤退するＩＳの戦闘員に手心を加えるつもりはまったくなかった。トラックに乗っている男たちはまだ生きているのであり、彼らの武器も車両もまだ使えるのだ。

オークリーは訊《き》いた。「あの最後のテクニカルも殺《や》るつもりですか？」

ダヴェンポートは答える代わりに、コックピットの下に取り付けられているＭ２３０をぶっぱなし、凄まじい砲撃音を響かせた。一六〇〇ヤード離れた、テクニカルのすぐうしろの地面から土埃が舞い上がり、火花が散った。そしてその一瞬後、即製戦闘車両は爆発した。

オークリーが無線で僚機に連絡した。「火１《パイロワン》‐２《ツー》、こちら火１《パイロワン》‐１《ワン》、ここから見える大物というとこれですべてだ。ＲＴＢ前に攻撃するべきもの、ほかに見えるか？」ＲＴＢはリターン・トゥー・ベース（帰投）。

火１《パイロワン》‐２《ツー》のパイロットはホイートンという名のＣＷＯ‐４（二等准尉）で、彼の信頼感のある声がダヴェンポートとオークリーのヘッドセットから飛び出した。「火《パイロ》１《ワン》‐１《ワン》、うーん……長方形の建物の屋上に銃座がいくつか見える……ええー、そちらの一・五キロ南東。高いほうの建物。そちらからも見えるか？」

ダヴェンポートは多機能ディスプレイ上のFLIR（赤外線前方監視装置《フォワード・ルッキング・インフラレッド》）カメラ映像を見つめた。オークリーが高度をすこし下げ、ダヴェンポートはカメラをパンさせて建物の屋上をチェックした。土嚢《どのう》が積まれた場所が三つ見えた。と、そのとき、真ん中の場所が閃光を発した。赤外線映像のなかに黒い花のような形が広がった。FLIRが黒表示《ブラック・ホット》モードになっていて、温度の高いものが黒く表示されるのだ。

ダヴェンポートが答えた。「了解《ラジャー・ザット》した、1《ワン》－2《ツー》。銃座が三つあるようだ。PK機関銃が二挺《ちょう》……それに、ええと……真ん中にあるのが12・7ミリ重機関銃」

ホイートンは言った。「ここから離脱する前にそいつらを掃射するんですか？」

「そう、そういうこと。簡単に片づけられる。もうぎりぎりの燃料しか残っていないが、離脱する前にやつらに三〇発はお見舞いできる」

「はい、どうぞ、ではやつらをやっつけてください、1《ワン》－1《ワン》」

ダヴェンポートは落ち着いてオークリーに指示し、機関銃座を砲撃するのに都合のよい角度になるように機体の位置を変えさせた。そして、三つの機関銃座のそれぞれに短い三連射を浴びせた。

たちまち建物の屋上は虐殺の場と化したが、死体や残骸のあいだを這《は》って逃げようとしている男がわずかだがいた。

オークリー三等准尉は言った。「あのKordをもういちどぶったたいてください、念のため」Ｋｏｒｄ《コード》は真ん中にある口径12・7ミリのロシア製重機関銃のことだ。それには遠距離狙撃《そげき》能力もあり、かなり遠くにいる攻撃ヘリコプターを撃ち落とすこともできる。だから、まだ作動可能なＫｏｒｄが敵の手のなかにあるのを見て平気でいられるアパッチのパイロットなどひとりもいない。

ダヴェンポートは30ミリ弾をさらに二〇発、陶磁器工場の屋上に撃ちこみ、機関銃をすべて破壊し、そこにいたＩＳ戦闘員たちをほぼ全滅させた。

オークリーはふたたび無線で僚機とやりとりしたあと、アパッチの機首を東へ向け、ホイートンの火《パイロワン》１－２《ツー》のあとを追って、戦場をあとにした。

キャリー・アン・ダヴェンポート大尉にはわかっていた――自分がいま、隠れ場所のない平地で戦うペシュメルガ部隊への最大の脅威を取り除いたのだということを。だが、勝利感はなく、満足感さえたいしてなかった。ただ、燃料と弾薬が充分にあって、地上で戦う勇敢なペシュメルガの兵士たちをもっと支援できたらよかったのに、という思いだけがわだかまっていた。燃料と弾薬がもっとあれば、ＩＳの要塞と化した工場のなかにまで安全と言ってもよい道を切り開くことができたはずなのだ。

一時間後、ホザン・バルザニ大尉は最後の予備弾倉《マガジン》をAK-47にカチッとはめこみ、遊底《スライド》を引いて初弾を薬室《チェンバー》に送りこんでから、親指でセレクターを安全《セーフ》の位置にまで押し上げた。

彼は陶磁器工場の真ん中に立っていた。

戦いは終わった。

アメリカの攻撃ヘリコプターが飛来すると、瞬時に戦いの流れが変わってしまい、いまや、最後まで残っていたISの戦闘員たちも西へ敗走して姿を消してしまった。やつらが全員、自分の足で逃げていくのを見て、バルザニは狂喜した。黒ずくめの鬚面の男たちが、まだ動くピックアップ・トラックから跳び下りて、まるで時限爆弾から逃れようとするかのように駆けていくのを見るのは、なんとも愉快だった。ペシュメルガ部隊の西にある車両はみな、ヘリのターゲットになっているのだと、やつらは思いこんだのだ。

バルザニは工場の敷地を通り抜ける道にとまっていた茶色のトラックまで歩いていった。そして運転席の屋根に手をやり、感嘆して車体をなでた。運転席をのぞきこむと、キーがイグニッション・キーシリンダーに差しこまれたままになっていた。即製戦闘車両《テクニカル》ではなかった——つまり、荷台に重火器は据え付けられていなかった。

それでも役立つ頑丈な車両であることに変わりなく、助手席には七五発ドラム型弾倉《マガジン》を装着したRPK軽機関銃が一挺おきざりにされ、床には予備弾倉《マガジン》が三つも入ったキャンヴァスの鞄《かばん》がひとつ転がっていた。

ともかく一台のトラックだけはアメリカ人たちも放っておいてくれたわけで、それがバルザニには嬉《うれ》しかった。

分隊長たちが報告をよこし、バルザニ大尉は生き残った部下がたったの五一人しかいないことを知った。三日前、カラクに到着したときには中隊の兵員数は一二〇人だったのだから、七〇人近い部下が戦死したことになる。時間を見つけて午後のうちにそうした殉教者たちに哀悼の誠を捧《ささ》げよう、と大尉は思った。だが、まずは敵味方双方の死人が残した武器、弾薬、ナイフをひとつ残らず回収し、見つけられるあらゆる情報を掻《か》き集めなければならない。だから彼はそうするよう部下たちに命じた。そしてそれが終わったら、カラクに帰って、土嚢で護られた陣地にもどるのだ。ISはふたたび攻撃してくるだろうが、それにはいくらか時間がかかるはずだ。部隊を再編成する必要があるにちがいないから。そうであるようにとペシュメルガの兵士たちは祈っていた。

バルザニはできれば陶磁器工場を占拠しておきたかったが、そこは孤立した場所であり、重火器もなく五一人という少人数で護るのはむりだとわかっていた。次回の戦闘でもきっとアメリカ陸軍の攻撃ヘリが飛来して支援してくれるから大丈夫だ、と勝手に思いこむほどバルザニは愚かではなかった。

13

ジェリー・ヘンドリーの執務室の会議用テーブルにつくアダーラ・シャーマンの向かいには、ヘンドリーだけでなくジョン・クラークも座っていた。これはアダーラにとって重要な面接だった。男たち二人はわざわざ努力して形式張らないようにし、打ち解けた雰囲気をつくろうとしていたが、アダーラは緊張したままだった。ヘンドリーとクラークにとっても、これはアダーラを危険きわまりない仕事につかせるかどうかを決める重大な面接だったが、二人はふだんとまったく変わりなく彼女に接しようと努めていた。

この仕事をする準備はできている、とアダーラは自分に言い聞かせた。彼女はどうしてもこの仕事がしたかった。どんなテストや訓練が待ち構えていようと、それを乗り越えられる技量もあった。もうすでに三〇代だが、アフガニスタンの高地で海兵隊の衛生兵をしていたときよりも身体能力はさらに向上していて、自分でもそのことは知っていた。

ともかく、まずはこの面接をなんとか乗り切らなければならない。そうしなければ、この〈ザ・キャンパス〉というミステリアスな組織の真の目的を知って以来、ずっとしたいと思っていた仕事をやらせてもらえないのだ。

クラークがどうということもない雑談をやめ、ついに本題に入った。「言うまでもないが、われわれはきみのことをよく知っている。きみがどれほど有能であるかも、どれほど頭のいい女性であるかも、われわれは知っている。きみは勇敢なうえ、誠実だし、いちいち指示しなくても自発的に行動できる人間でもある」

ヘンドリーがあとを承《う》けた。「いやまったく……われわれがみんな引退しても、きみならここをいまよりもうまく運営できる」

アダーラは微笑《ほほえ》んだ。「ご親切に、どうも。でも、それはちがいます」

ヘンドリーはつづけた。「ただ、ひとつ心配がある」

アダーラは背中をさらに直立させ、反らせるほど固くした。「それは何でしょうか、ジェリー？」

二人の初老の男たちは互いに顔を見合わせた。言い出しにくそうにしている二人のようすを見て、突然アダーラは不安になった。ようやくヘンドリーが口をひらいた。

「ドミニクのことなんだが」

アダーラは胃が床を突き抜けてどこまでも落ちていくような感覚をおぼえた。目を瞬《しばたた》かせたが、その動きは望んだよりもすこしばかりゆっくりで固かった。「どういうことでしょう……具体的に……ドミニクがどうしたと？」

今度はクラークがはっきり言った。「きみとドミニクの関係は、明らかにわれわれの作戦活動を阻害しうる難問と言わざるをえない。それはわれわれが初めて対処しなければならない類《たぐい》の問題だ」

アダーラ・シャーマンは目を床に落とした。「では、ご存じだったのですね」

クラークは返した。「知っていた。みんなといっしょにいるときのきみたちの振舞いにははっきりあらわれていた」

アダーラは肩をうしろへ引いて胸を張った。「お言葉ですが、それは同意しかねます。ほかの人たちがいるところでは、わたしはつねに適切な振る舞いかたをしていました。間違いありません。ドム・カルーソーもそうしていました」

ヘンドリーは両手を前に差し出して見せた。「もちろん、きみたちはそうしていた。だが、ドムが同じ部屋にいるとき、きみはことさら努力して彼を見ないようにしていた。ほかの者たちにはリラックスして接しているのに、ドムにはそういう接しかたができなかった。ドムのほうも同じだ。きみたちは、互いになんとなく堅苦しく、よそよそしくしていた。それでも、しばらくのあいだは関係を隠せたけどね」ヘンドリーは言い添えた。「このわたしでさえ、気づいたよ。現場の諜報・工作活動にはいっさい係わらない、その種の観察能力に欠けるこのわたしでさえね」

アダーラはゆっくりとうなずいた。一分ほど前にはあった自信はもうなかったが、雇い主たちに説明する義務があるということはわかっていた。「わたしたちだけの秘密にしておいたのは、そうしても仕事に支障は出ないとわかっていたからです。互いに特別な態度をとるのはプロではないと思ったのです。ここ〈ザ・キャンパス〉では、ドムはあくまでも工作部の要員のひとりにすぎず、わたしは客室乗務員兼輸送・物流・兵站《へいたん》コーディネーターにすぎない、というふうにしておきたかったのです。わたしたちはごまかそうとしたのではなく、おおっぴらにしないほうがいいと判断したにすぎません」

クラークは言った。「きみたちは何の咎《とが》めも受けない。そういう関係になってはいけないという規則はここにはないからな。たしかにジェリーは、きみがチームに加わったとき、『彼女には手を出すなよ』と若い者たちに釘《くぎ》を刺したが、それはどちらかというと〝行動規範〟というより〝注意〟だった」

ヘンドリーはにやっと笑った。「まあ、きみに言い寄ったのが独身男のひとりだったという点はよかったよ」

アダーラは悪戯《いたずら》っぽく眉根《まゆね》を寄せた。「ドムのほうがわたしに言い寄ったって、どなたが言っていらしたんですか？」

ヘンドリーは目を剝《む》き、居心地悪そうにそわそわして咳払《せきばら》いをした。

クラークはなんとか笑いをこらえた。「ともかく、ディング、ドミニク、ジャックからなるいまのチームは素晴らしい。よくまとまっている。それがきわめて重要なんだ。きみなら男たちとうまくやっていける、とわたしは確信している。きみがここで働きはじめたときから、そのことには気づいていた。正直なところ、わたしが気になるのはただひとつ、きみが工作員として危険な状況におかれたときにドミニクの行動が変わってしまうのではないか、ということだけだ。きみをチームに加えたいのは山々だが、それでドムが役立つ〝資産《アセット》〟ではなくなってしまうというのでは困る」

「その点についてはわたしたちも話し合いました」アダーラは返した。「その結果、このたびのわたしの工作部への配置転換申請に彼も全面的に賛成しています」

クラークは首を振った。「いや……ドミニクは賛成していない。きみを推薦したときのドムの目にそれがはっきりと表れていた。きみが負傷するのではないかと彼は気が気ではないのだ。まあ、これまでに起こったことを考えると無理もない。きみはドムを責めるべきではない」
「はい、責めはしません。もちろん、わたしはドムの兄が殉職したことを知っていま
す。それはわたしがここに入る前のことで、次いでサムまで亡《な》くなりました。わたし
はサムとは友だちでしたし、彼とドムが親友だったことも知っています。でも、自分
もみんなとうまく――まったく問題なく――やっていけることをドムやあなたがた全
員に証明して見せられる好機を、わたしは逃したくないのです」
クラークはつづけた。「きみたち四人を作戦に投入できるという状態は実に素晴ら
しいことだ。だが、全員を同時に投入することはできない。きみに現場の仕事をやっ
てもらうことになった場合も、われわれとしては、きみとドムをいっしょに働かせる
わけにはいかない。そのことをあらかじめきみには知っておいてもらいたい。そうし
たほうがだれにとってもいい、とわたしは思う」
ヘンドリーがふたたび口をひらいた。「ジャックの父親《ダッド》が大統領ということがあり、
われわれはそれを斟酌《しんしゃく》している。たとえば、場所によってはジャックを送りこめない。
きみについても同様の斟酌をしたい。きみを参加させられない作戦もありうるという
ことだ」
「はい、もちろん、それでいいです」アダーラは力をこめてうなずいた。話が自分の

望む方向へ向かいつつあると感じていた。

クラークは言った。「それから訓練をしてもらう。きみが知っていることはたくさんあるが、知らないこともたくさんある。数カ月にわたる厳しい訓練を受ける準備はできているか？」

「実はそれを楽しみにしています」

「もうひとり新人を引っぱりこんだらすぐ、監視訓練をはじめる」

アダーラは目をぱちくりさせた。「えっ……もしかして、もう採用ですか？」

クラークとヘンドリーはまたしても顔を見合わせた。ヘンドリーが答えた。「きみが昇進に値することは火を見るよりも明らかなのに、うちにはもっと大きな飛行機はないわけで……そう、だから、きみには別の仕事をしてもらうしかない。訓練を無事終了したら、きみは〈ザ・キャンパス〉の工作員だ」

アダーラは手を差し伸べ、二人の上司と握手した。

クラークがアダーラの手をにぎりながら言った。「後悔することになるかもしれんぞ。きみには超実践的な、そりゃ厳しい訓練をしてもらわんといかんからな」

「全力で取り組みます、一日一日、気を抜かず」

アダーラは立ち上がり、ドアへ向かった。だが、彼女がドアに達したとき、ヘンドリーが背中に声をかけた。「アダーラ、これからすぐにドムを呼んで、事の次第を告げる。ドムのことだから、強がって平気な顔をして見せるだろうが、内心、気に病むはずだ。きみに生きかたを指南するつもりはないが、ドムはきみのことを大事に思っているからこそ心配するのだということを理解してほしいと思う」

アダーラはうなずいた。「わかりました。ドム、そしてわたしのことも理解していただき、ほんとうにありがとうございます、ジェリー、ジョン。これからは、何事も隠すことなくオープンにしてやっていきます」

メアリ・パット・フォーリ国家情報長官は夜遅くまで執務室で働いて帰宅し、夫と一時間話しただけでベッドに入った。そしていま、頭のそばのナイトテーブルに置いておいた携帯電話が突然鳴りだし、眠りから引きずり出された。夫のエドは、元CIA長官で、深夜に電話を受けることなど珍しくもなんともないという生活をほぼ四〇年間つづけてきたが、いまは妻のメアリ・パットのほうが現役なので、彼女が手探りで携帯をとって操作しているあいだ、エドはそばで黙って座っているしかなかった。

「はい、フォーリです」メアリ・パットは掛け時計に目をやった。午前四時五〇分。今日はもう眠ることはできないだろうから、いつもよりも四〇分早く起きることになりそうだ。

しっかり暗号化された回線であるとわかった。電話をかけてきた相手がCIA長官だったからである。

ジェイ・キャンフィールドCIA長官は言った。「おはよう、メアリ・パット」

「おはよう、ジェイ」

あとは待つだけでよかった。早く要点を言ってと催促する必要はなかった。

「きみがすでに抱えている問題を解決できる情報を提供できればよかったのだけど、残念ながら、思いがけないところからまったく新しい問題が不意に飛び出してきた」

「今度は何なの？」

「インドネシア関連のSIGINT《シギント》で問題が見つかった」SIGINTは通信・電波諜報《ちょうほう》。「ジャカルタのアメリカ大使館の領事業務担当官が、極秘情報と思われるものを北朝鮮当局者に渡そうとしていることがわかったんだ」

メアリ・パットは目をこすった。「おや、まあ。間抜けもいいところね。北朝鮮相手ではお金ももらえないわ」

もちろん、そのあたりのことはキャンフィールドも知っていた。なぜアメリカ人が北朝鮮のためにスパイをするのか？　それがまったくわからない。あの国の外にいる者でDPRK（朝鮮民主主義人民共和国）のイデオロギーをいいと思う人間など、それこそただのひとりもいないし、北朝鮮は情報を買うときも卑《いや》しいほどの買いたたきかたをする。

「そう、訳のわからん奇妙なことなんだ。それだけは確かだね」キャンフィールドは言った。

「で、だれなの？」

「名前まではわからない。北朝鮮側のある電話を盗聴できただけなんでね。会話内容から、彼らがあまり付き合いの深くないアメリカ大使館員と交渉している電話だとわかった。それまでの連絡は、直接会うか他の通信方法――たぶんEメール――で行っていたにちがいない。彼らはアメリカ人に〝要求した情報を携えてくる場所〟を伝えた。そのアメリカ人がどんな情報を渡せと言われているのかはわからない。会話のようすから、どうもアメリカ人はそんなことには係わりたくないようなのだが、取引をしっかり終わらせる準備がすでにできているようでもある。彼はやり抜くつもりだ、とわたしは思う」

メアリ・パットは言った。「何らかの弱みをにぎられているのではないかしら？　表に出たら破滅するような写真とか？　そういう線ではないかしら？」

「わたしもそう思う。すでにダンに連絡した」ダンはダン・マリー司法長官のことだ。

「これはＦＢＩの管轄《かんかつ》だからね」

「受け渡しはいつなの？」

「いまから四八時間後。北朝鮮の連中は、要求している情報を引き出すための時間をその〝スパイ《もぐら》〟に与えたというわけだ。ダン・マリーに命じられたチームがすでに飛行機でインドネシアへ向かっている。現場に張り込んで受け渡しを阻止するためだ。ただ、それは内密の作戦にならざるをえない。インドネシア当局と共同でこうしたぎりぎりの作戦を進めるのはほぼ不可能だし、われわれとしてはその男を迅速かつ秘密裏に拘束し、何も起こらなかったかのようにする必要がある。ダンの部下たちは香港《ホンコン》から飛行機でジャカルタへ向かっていて、アメリカ東部時間の午前一一時ころに現地に到着する予定とのことだ。だから、スパイ拘束のための準備時間は一日半以上ある。うちの者たちも助言役としてそばにいることになっている」

「オーケー」メアリ・パットは返した。「では、進展具合の報告を密にお願いね」

国家情報長官は電話を切り、夫のエドを見やった。

エドは暗がりのなかで妻を見つめ返した。「まずいこと？」

「アブー・ムーサ・アル＝マタリ捜しとは無関係。国務省のある職員が北朝鮮に情報を渡そうとしているの」

エドはうなずいた。「弱みをにぎられたにちがいない」

「でしょうね。ダン・マリーがすでに問題処理の特別チームを急派したわ。今朝は早めに出勤しないと。今日中にその件に関する会議があるにちがいないので、ほかの仕事を早く片づけておきたいの」

「よし、ではコーヒーを淹《い》れよう」エドは疲れがあらわになった笑みを浮かべた。

二人ともベッドから出た。

「かわいそうに、ごめんなさい」メアリ・パットは心から同情してバスルームへ向かった。「引退したとき、これで朝寝坊ができるぞって思ったのにね」

「いや、そんなふうには思わなかったよ、まったく。わたしはなかなか利口な男でね、きみが引退するまでは朝寝坊なんてできないとわかっていたんだ」

14

ジョン・クラークは独り《ソロ》キャンプサイトをながめ、おれもあそこで二日ばかり過ごしてみたいものだ、と思った。そこはまさに彼好みだった。そう、実にシンプルな佇《たたず》まいなのだ。小型テントが一張り、燃えて炭になった薪《まき》、椅子《いす》にもなる保冷ボックス一つ、そして木に立てかけてある少しばかりの釣り道具。しかも、きれいな湖から二五ヤードくらいしか離れておらず、まわりの松林が芳香をはなち、夏だというのに今朝の空気はまだ涼しいと思えるほどに冷えたまま。

クラークは一〇〇ヤードほど離れた丘から双眼鏡を使ってそのキャンプサイトを観察していた。どうやらキャンパーは釣りに出かけているようだった。

まだ午前一一時で、曇天だった。左手の空から轟音《ごうおん》が聞こえてきた。最初、雷鳴だと思ったが、その方向に目をやると、アメリカ空軍のC－17グローブマスターⅢ大型長距離輸送機が二機見えた。高度はわずか一〇〇〇フィートほどだ。見ていると、どちらの輸送機からも同時に男たちが飛び出しはじめた。たちまち円形のパラシュートがパッ、パッとひらきだした。

クラークはぼそぼそと独りごちた。「第八二空挺《くうてい》師団か」ここはフォート・ブラッグ、彼らの基地なのだ。ここで落下傘《らっかさん》降下訓練を目撃するのは当たり前のことなのである。

このまま丘の上で訓練のもようをじっくり見物していたかった。なにしろ素晴らしい光景なのだ。しかし、やるべきことがあったので、小さなキャンプサイトへ向かって丘をくだりはじめた。相手を驚かすということだけは避けたく、まだ四〇ヤードは離れているところから大声で呼びかけた。キャンパーがジッパーを閉じてテントのなかにこもっている可能性もないわけではない。

「こんにちは！　だれかいますか？」

だが、返事はない。結局、キャンプサイトに到達し、だれもいないとわかった。松林を抜けてモット湖まで歩き、湖面を遠くまで見わたし、釣りボートを捜したが、湖は静かで、舟一艘《そう》浮かんでいなかった。

人間の姿もまったく見えない。

と、そのとき、真後ろから声が聞こえた。二五フィートも離れていない。「最後にお会いしたのは、地球の裏側にいたときでしたね」

クラークはハッとしたが、注意深くそっと体を回転させはじめた。彼は背後の男をよくは知らなかったし、男のほうもクラークのことをほとんど知らなかった。彼は男を不安にさせるようなことは一切したくなかった。

クラークは笑みを浮かべ、ゆっくりと振り向いていった。むろん、両手とも体から離したままだ。「そう、ウクライナにいたとき。ここよりもうすこし都会で、ずっと騒がしいところだった」

顎鬚《あごひげ》をたくわえて野球帽をかぶっている男は何も言わなかった。

クラークは訊いた。「久し振りだね、調子はどうかね？」

男は無愛想に応《こた》えた。「まあまあ」そして言った。「これは偶然の出遭いだなんて言い張ろうというおつもりなら、ずいぶんと難儀することになります」

バリー・〝ミダス〟・ジャンコウスキー陸軍デルタフォース退役大佐は、木の幹に寄りかかって葉叢《はむら》のなかに立っていた。彼はアメリカ陸軍のTシャツに半ズボン《カーゴショーツ》という格好だったが、クラークはTシャツの下のアペンディクス・ホルスター——盲腸《アペンディクス》のあたりに拳銃《けんじゅう》を隠すためのものなのでこう呼ばれる——に収まった拳銃のふくらみを見逃さなかった。ジャンコウスキーの右手がそのすぐそばに浮いているのは、そうする必要が生じたときに瞬時で拳銃をつかみとるためだ。

クラークは言った。「いや、バリー、わたしは話し合いに来たんだ。じかに会って話し合いたかったんでね。ここなら、少しばかりプライヴァシーを保てるようだし」

「そりゃもう、プライヴァシーならちゃんと保てます。観光客も漁師もいません。実は魚もいないのです」

「食いつかない？」

「あそこのルーザン降下地域で訓練中のC－17のせいだとわたしは思います。魚はあの爆音を感じとり、怯《おび》えて隠れているのです」

クラークは首をかしげた。

「単なる推測です」ジャンコウスキーは言った。「言い訳だと言う人もいるかもしれませんが」

クラークは返した。「いままさに一歩先んじられたばかりだからね、わたしとしては、きみの意見に全面的に賛成だ」

ジャンコウスキーはにっこり笑った。「わたしはあなたが思っているほど驚きやすくはありませんけどね」

「いや、だから、ここで心安らかに穏やかな自然を満喫している者を驚かせたくなかっただけだよ」

「どうぞ遠慮なくミダスと呼んでください。わたしはもう退役しましたが、フォート・ブラッグでわたしをバリーと呼ぶ者なんてひとりもいませんでした……そう、もうずっと前から」

「バルトーシュと呼ぶ者もいなかった？」クラークは訊いた。

「おやおや、わたしの正式名までご存じなんですか。わたしのことをずいぶん真面目《まじめ》に調べているようですね？」

「数分もらえると、ありがたい。まあ、話が終わって、釣りができるともっといい」

「あなたの相棒のシャベスがわたしのことを尋ねまわっていると、先日知らせてくれた者がいましてね。それは心配すべきことなんでしょうか、それとも喜ぶべきことなんでしょうか？」

「そこの保冷ボックスにビールは入ってるのかね？」

「ええ、何缶か。もう五時になったところがどこかにあるでしょう。飲みましょう」
　二、三分後、二人の男――ひとりは三〇代後半、もうひとりは六〇代後半――は、木の切り株に座って缶入りのミラー・ハイライフをゆっくり飲んでいた。二人はときどき飛んでくる蚊をたたきながら、フォート・ブラッグのことをすこし話したが、すぐにジャンコウスキーが当たり障《さわ》りのない言葉のやりとりに飽きてしまった。

ミダスことジャンコウスキー退役大佐は言った。「で……どういうご用件でしょうか？」

クラークは地面をおおう松葉のなかにビール缶をおいた。「きみはCIA《エージェンシー》に入局申請書を提出した」

「たしか、あなたはもうCIA《エージェンシー》ではありませんよね。実は、ウクライナであああいうことがあった直後、にこりともしない生真面目そうな男たちがあらわれましてね、あなたやあなたの仲間は存在していないので、よろしく、と言われました」

「にこりともしない生真面目そうな男たちがこそこそ動きまわって、いま見たことは起こらなかったことなので、よろしく、と人々に言わなかったら、この国はどうなってしまうのだろう？」

「うーん、どうなってしまいますかね？」ミダスは言い、ビールをひとくち飲んだ。

「ええ、わたしは申請書を提出しました。名前がなにしろバルトーシュ・ジャンコウスキーですから、ジャック・ライアンという名前の持ち主が入局申請したときよりかは、調査・審査に時間がかかると思います」ミダスは片眉を上げた。「もちろん、ジャック・ライアン・ジュニアもCIA《エージェンシー》ではありませんけど」

「そういう名の男も存在していない」クラークは言った。

「ええ、そう言われました」

「いいかね、ミダス、わがグループ……あなたがウクライナで会った男たちは、もはやわれわれとともにはいないひとりを除いて……とても興味深いこと——重要なこと《ラングレー》——をしている。われわれはそういう組織なんだ。だから、きみがCIAではなくわれわれの組織の一員として働くということもありだと思う。われわれの正体と活動内容を知る男女のリストをきみに見せてもいい。そのリストにはきみが知る人物の名前もある」

ミダスは失望を隠さなかった。「つまり、わたしはCIAに入れなかった、ということですか？」

「いや、そうではまったくない」クラークは答えた。「正直に言うと、きみは遅かれ早かれCIA国家秘密活動部の仕事を提示される、ということのようだ。きみがCIAに入れなかったから、わたしがここまで会いに来た、というわけではない。わが組織はブービー賞の賞品ではない。自分から志願して入れるところでもない。この男、この女ならと思える者のところへ、こちらから接触するんだ」

ミダスはうなずき、考えこんだ。だが、素早く手を動かし、自分の前に飛んできた蚊をつかみつぶした。その手際《てぎわ》のいい高速の動きにクラークは感心した。

ミダスは質問した。「そのあなたがたの組織、規模は？」

「小規模なIT部門、情報分析部門があり、管理部門も小さい。現場で作戦活動をおこなう人数はというと？　三だ」

「三〇〇人？」

クラークは首を振った。

ミダスは目を剝いた。「三、、、〇〇人？」

ふたたび首が振られた。クラークは右手を上げ、三本の指を伸ばして見せた。

ミダスはそれをじっと見つめた。「あっ、一、二、三の三。それだけ」

「そう、三人だけ。いま、それを五人にまで増員しようとしている。われわれは小規模な組織なのだ。だが、規模以上の仕事をしている。情報分析部門はとてもしっかりしているし、輸送・物流・兵站も、IT部門も、天下一品だ」

「ええ、それはわかります。その点については言われるまでもない。そちらの現場要員たちがどれだけできるか、この目で見せてもらいましたからね。セヴァストポリでは、あなたがたの支援がなかったら、われわれは簡単に制圧されていたにちがいありませんし、キエフでも、あの攻撃作戦にあなたがたが参加してくれなかったら、わたしはもっとたくさんの部下を失っていたことでしょう」

クラークは言った。「いまから約束できるが、現場で作戦活動をしてもらう。アメリカの安全保障にとってきわめて重要な作戦に参加してもらう。アメリカのために献身的に働く人々からなる素晴らしい集団と毎日仕事をしてもらう。戦略を練るところからやる〝資産《アセット》〟になってもらう。あっ、そうそう……それから、給料は政府機関で働いたときよりもずっといい」

ミダスは返した。「それはまあ、いい話ですが、あるていど長生きした場合は、政府からいろいろと出るベニーズの総額は満足できるほどになりますよ」ベニーズというのは手当《ベネフィッツ》という意味の俗語だ。軍人たちは、月々の給料の手取りはそれほど喜べない額なので、自分たちが得られることになっているかなりの退役手当や医療保険の特典を崇《あが》めるのである。

クラークも負けてはいなかった。「うちの組織に入るという確約を得られなければ、あまり詳しいところまでは教えられないが、きみがCIA入りした場合にGS－9から出発するとして、うちに来ればその二・五倍は稼げる」アメリカ連邦政府機関職員の給料等級はGS－1（最低）からGS－15（最高）まであり、GS－9はそのほぼ真ん中。「さらに、株式の選択売買権といった特典や、さまざまな手当などもつき、それらを入れれば、政府機関職員になったときの総報酬額をはるかに上回ることになる。そのうえ、アメリカの国益に寄与するという満足感を得られるし、馬鹿《ばか》げた官僚制に煩《わずら》わされることもない」

「デルタフォースの士官まで務めて退役したというのに、CIAに入るのに六カ月から一年も待たされる、なんて馬鹿げたことはない?」

「そう、まさにそのとおり。うちに来るなら、今日イエスと言えば、もう明日から仕事をはじめられる」クラークは肩をすくめた。「そういえば、ここは魚の食いつきが悪い、ときみは言っていた」

ミダスはふたたび笑みを浮かべた。「わたしがウクライナで会った男たちのひとりは、もうあなたがたのところにはいない、ということでしたが、彼は組織を去るときにいろいろ手当をもらったのですか?」

クラークは目を湖のほうにやった。「いや……彼の母親がもらった」

「あっ、ああ、そうか。ジャック・ジュニアではなかったのですね。彼もたしかそちらの組織の一員ということのようでしたので」

「サムだ。死んだ」

ミダスはうなずいた。「彼のことは覚えています。いい男でした。現場で?」

クラークはまだ松林のあいだからのぞく湖面に目をやったままだった。うなずいて言った。「そう、殉職だ。立派に仕事をしながら死んでいった」クラークは視線を移してミダスをまっすぐ見つめた。「きみはサムの後任だ。われわれはいま、もうひとり、組織内の者を昇進させて、現場の仕事に就かせることを考えている」

ミダスは質問をつづけた。「どこまでわたしを調べたんですか？　わたしの秘密はすべてお見通しですか？」

クラークは答えた。「われわれのような集団にとって、秘密を見つけるなんて、いちばん簡単なことだ。だが、なぜきみがミダスなんていうコールサインを授かることになったのか、それだけはわからなかった。ミダスというのは、触れるものすべてを金《ゴールド》に変える力を与えられたあのギリシャ神話の王様のことだろう？」

「そうです。イラクへの最初の進攻のさい、わたしは第五特殊部隊グループの曹長でした。そのとき、サダム・フセインの息子のひとり、ウダイの宮殿で二晩すごしたことがあります。大きな金箔貼《きんぱくば》りの部屋に泊まったんです。そしてそのあと、サダムの宮殿のひとつであるアル・ファウに移りました。そしてそこでもまた、わがAチームはくそ忌《い》まいましい金箔がいたるところに貼られた部屋に泊まることになりました」

Aチームは特殊部隊の標準部隊《スタンダード・ユニット》である一二人からなる作戦分遣隊。「その後、われわれはティクリートまで北上し、今度はサダムの母親の宮殿に宿泊しました。泊まった部屋に金色のものがあったかどうかも、わたしは覚えていないのですが、実際にはあったそうです。数年後、士官に昇進したのち、わたしは選抜訓練をパスしてデルタフォースに入りました。で、デルタの上官のひとりが、そうした金ピカ部屋にいたわたしやわがAチームに偶然出くわしたことを思い出しまして、こう言ったのです。『きみは何でも金に変えるミダス・タッチができたにちがいない。なにせ、おれたちDボーイどもはいつだって、屋外便所みたいな軽量コンクリートブロックの家に泊まらなければならなかったんだからな』と」Dボーイはデルタフォース隊員。

　クラークは笑い声をあげた。「もしかして、ミダスという名をもらってからは、もうずっと金ピカ部屋には泊まれなくなってしまったんじゃないのかね？」

　ミダスは答えた。「ええ、そうなんです。それ以来ずっと、泊まるところは屋外便所みたいな軽量コンクリートブロックの家ばっかりで」クラークの顔を見つめた。「あなたはSEALs《シールズ》でしたよね？」SEALs《シールズ》は米海軍特殊部隊。

「大昔のことだ」

「当時あなたは何て呼ばれていたんですか、仲間から？」

　クラークは淡々と答えた。「ケリーと呼ばれていた」

「なぜ?」

「それが当時の名前だったからだ」

クラークの口調に〝余計な質問だ〟という感じがあり、ミダスは深追いしなかった。

クラークは話題を変えた。「国防総省にあるきみの写真を見た。まあ、ジャック・ジュニアを除けばの話だが、顎鬚を生やす前と後で顔の印象がきみほど変わる男を、わたしはほかにひとりも知らない」

ミダスはにこっと微笑んだ。「銀行家《バンカー》とか、そんなふうに見えるでしょう?」

「コンピューター修理技師のようだな、とわたしは言おうとしたんだが」

ミダスはうなずいた。「なるほど、そりゃいい。一年に一度くらい兄の家族と会うんですが、わたしがこんな鬚を生やしていたら、まだ小さい姪《めい》は泣き叫びますね、きっと」

二人とも黙ってビールをひとくち飲んだ。

クラークがふたたび口をひらいた。「査定訓練を受けてもらうことになるが、きみがデルタフォースに入るときに受けた選抜訓練とはまるでちがうものだ」

ミダスは返した。「そりゃよかった。わたしは足底を両方ともウェストヴァージニアの丘のどこかに置き忘れてきてしまったような状態ですから」

クラークは言った。「SEALs《シールズ》の訓練もえらく厳しいものだったが、デルタの選抜訓練はまさに地獄と言ってもいいくらいのものだからな」

ミダスは肩をすくめた。「デルタは、訓練をクレイジーな者のみが最後まで耐え抜けるくらい凄《すさ》まじいものにして、まともな男をふるい落とそうとしているのです。次いでさらに、残った者たちからウルトラクレイジーな者を除去する。デルタでいちばん役立つのは、許容できるレベルの奇人なんです」ミダスはもういちど肩をすくめた。

「わたしはザ・ユニットに一〇年いましたから、どういう人間であるかはだいたい想像がつくでしょう？」デルタフォースはザ・ユニットとも呼ばれている。

「仕事をオファーしたい。うちの組織で働いてほしいんだ。どうだ、興味はあるか？」

ミダスは答えた。「仮に受けたとして、入れてもらっても、うまくいかなかったら？　どうしてそうなるかはわかりませんが、うまく働けず、暇をもてあますだけ、なんてことになるかもしれません。たいした仕事はできないような気がしないでもない。そちらで働くと、CIA《エージェンシー》に入りにくくなるということはありますか？」

「そんなことはまったくない。わたしのところへ辞めたいと言いに来るだけで、褒めあげる推薦文を添えて、行きたいところへどこにでも送り出す」

ミダスはまたしても肩をすくめた。「わかりました、ミスター・クラーク。あなたはいま魚を一匹釣り上げました。では、どういうことになるか、やってみることにしましょう」

二人の男は切り株から腰を上げ、握手をした。

15

国家情報長官室（ＯＤＮＩ）はヴァージニア州マクリーンにある。ＣＩＡ本部からは車で南西へ一〇分、ホワイトハウスからは道が混んでいなければ——そんなことは真夜中くらいにしかないが——北西へ三〇分のところだ。

ＯＤＮＩも入る政府庁舎群はリバティ・クロシング——政府内で用いられる略称はＬＸ——と呼ばれていて、そこには主要な建物が二つあり、ＬＸ１には国家テロ対策センター（ＮＣＴＣ）が、ＬＸ２にはＯＤＮＩが入っている。

メアリ・パット・フォーリ国家情報長官が、ＬＸ２の最上階にある執務室でおこなわれた正午の会議を終え、執務机にもどってきた。クランベリー・チキン・サラダとアイスティーが机に載っていた。これで昼食をとりながら仕事ができる。彼女が椅子に腰を下ろしたちょうどそのとき、インターコムから秘書の声が飛び出した。

「長官、キャンフィールドＣＩＡ長官、マリー司法長官との電話会議の準備がととのいました」

メアリ・パットはちょっと肩を落とした。おいしそうなサラダはしばらくおあずけだ。まずは電話会議を片づけなければならない。

三人の電話がつながった。

最初に話したのはダン・マリー司法長官だった。「うちの〝捕獲チーム〟――北朝鮮のためにスパイ行為をしようとしている国務省職員を捕えるために香港からインドネシアへ飛んだ男たち――が、たったいまジャカルタの空港で拘束された」

メアリ・パットは瞬時に、同じようなことを前にも聞いたことを思い出した。「拘、、、束された？　なぜ？」

ジェイ・キャンフィールドCIA長官は答えた。「イランのときと同じ。わからない。だが、指紋読み取り装置がやはり関係しているとのことだ」

マリーが言葉を継いだ。「偽装《カヴァー》は問題なかった――完、、、璧だった。部下たちの生体情報はパスポート上のものと完全に一致していた。それなのに、どういうわけかインドネシア当局に正体を見破られてしまった」

「なんでそんなありえないことが起こるのかしら？」メアリ・パットは頭に浮かんだ疑問をそのまま口にし、すぐに自答した。「具体的なことは一切わからないけど、なぜか、どこからかデータが洩《も》れているのね。そして、それを利用している集団が複数いる」

「しかし、不可解だな」キャンフィールドは言った。「イランでやられたのはうちの者、CIA要員だ。ニュージャージー州では海軍士官。そして今度は……FBIの男たち。ロシア人、インドネシア人、そしてイラン人が、同時期にアメリカ政府機関のまったくちがう部門のこうした〝資産《アセット》〟の正体を知ることができたというのは、いったいぜんたいどういうわけだ？」

メアリ・パットが考えながら言った。「わたしにもどういうことなのかさっぱりわからないけど、その三つの出来事に共通しているものを見つけ出す必要があるわね。それから、これがどれほどの規模なのかも把握しないと。言うまでもないけど、現場仕事をしているわれわれの〝資産《アセット》〟はたくさんいる。このままでは、今度はだれの正体がばらされるのかと、びくびくしていなければならない」

ダン・マリーが焦《あせ》りをあらわにした。「いや、だから、それはたしかにそうなのだが、わたしとしては、そういう危機的状況の話はあとまわしにして、いますぐだれかをジャカルタに送りこまないといけない」

キャンフィールドが訊《き》いた。「現地の大使館に事をうまく処理できるFBI要員はいないのかね？」

「まあ、いないと言わざるをえない。向こうに特別捜査官が何人かいることはいるのだが、防諜作戦の訓練をきちんと受けている者はひとりもいないんだ。正体不明の裏切り者を見分け、大騒動にすることなく手際よくそいつを北朝鮮人たちの前から連れ去る、なんて芸当はまずできない」

メアリ・パットの頭に解決法がひとつ浮かんだ。「アメリカの政府機関に所属していない者たちが必要ね。腕が立ち、目立たないように活動できる者たちが」

ダン・マリーが言った。「ジェリー・ヘンドリーのところの男たちのことを言っているんだね？」マリーは最近、〈ザ・キャンパス〉という組織と、その海外でのアメリカ情報機関コミュニティとの連携活動について説明を受けた。

「ええ、そのとおり」メアリ・パットは答えた。

会話が途切れ、しばしの沈黙があった。

マリー司法長官は溜息《ためいき》をついた。「よし、それで行こう。ほかに選択肢があるとは思えない。この件についてわたしが持っている情報をすべて、きみに直接送る。あとはきみが伝えてくれるね」

「わたしが責任をもって自分で伝えるわ」

二分後、メアリ・パット・フォーリは電話でジェリー・ヘンドリーと話していた。サラダはまだ手つかずのままだった。「ジャカルタで緊急事態が発生したの。助けてもらえるかしら?　あなたのところのチーム、すぐに現地に乗りこめる状態にある?」

「すぐにとは、どれくらいすぐなのかね?」

「実はいますぐ」

ヘンドリーは可能なかぎり早口で言った。「うちのガルフストリームはいまレーガンにある。ここから車で一〇分」レーガンはロナルド・レーガン・ワシントン・ナショナル空港。「乗務員はいま空港にいて、工作員三人はここ社屋内にいる。いまから一五分後にはその三人をヴァンに乗せられる。ガルフストリームは途中、給油が必要になると思う。飛行時間についてはわからない」

メアリ・パットは返した。「飛行時間はアンドルーズ空軍基地から二二時間、給油のための途中寄港時間をも含めて。ＤＣＡからもほぼ同じ」ＤＣＡはロナルド・レーガン・ワシントン・ナショナル空港のＩＡＴＡ(国際航空運送協会)コード。

ヘンドリーは言った。「では、シャベス、カルーソー、ライアンを明日のいまごろには現地に到着させられる。それで大丈夫かね?」

メアリ・パットは答えた。「大丈夫、間に合う、ぎりぎりだけど。お願い、すぐ移動を開始させて。細かい情報はすべてが動きだしてから伝えるわ」

「いいとも。持って行かなければならない特別な装備はあるかね？」

メアリ・パットはしばし考えた。「監視のための基本装備。それから自衛のための武器もいくらか。戦闘も辞さない敵と戦うことになるかもしれない」

「わかった」

ヘンドリーは電話を切ると、すぐにクラークのオフィスを呼び出す操作をはじめたが、工作部長はいまバリー・ジャンコウスキーをスカウトしにノースカロライナへ行っていることを思い出した。そこでシャベスに電話し、ぎりぎりの時間しかない緊急作戦を遂行する必要が生じたことを伝え、ほかの二人にも知らせるよう指示した。そしてそのあと、ヘレン・リード機長とチェスター・ヒックス副操縦士に連絡した。

二五分後、三人の〈ザ・キャンパス〉工作員たちは、非常装備品が詰めこまれているゴーバッグを背負ってガルフストリームG５５０のステップをのぼった。そこはロナルド・レーガン・ワシントン・ナショナル空港の第一滑走路のすぐ西にある駐機場だった。運航乗務員はすでにコックピットのなかにいて、二発のロールスロイス社製ターボファン・エンジンも回転していた。〈ザ・キャンパス〉工作員たちは、行き先は知っていたが、そこへ何のためにいくのかも、現地で何をしろと言われるのかも知らなかった。

二二時間の空の旅が好きな者などいないが、彼らは少なくとも王侯貴族のような優雅な旅をすることができた。〈ザ・キャンパス〉の作戦機でもあるヘンドリー・アソシエイツ社機、ガルフストリームG550は、どんなビジネスジェット機にも負けない豪華な内装だったからだ。飛行ルートやインターネットだけでなく最新の映画をも映せる多機能ディスプレイがあちこちにあったし、シートはみな、水平にまで倒せ、後部にはベッドにもなるソファーが一脚あった。

だから空の旅はいつも快適ではあるのだけれど、今回はいつもほど快適にはならないはずだった。客室に入ったところでチェスター・〝カントリー〟・ヒックス副操縦士に迎えられた瞬間、三人ともそのことに気づいた。いつもはそこでアダーラ・シャーマンに迎えられるのだ。そして彼女が、荷物やコートを預かり、飛行予定を説明し、飲みものを運んできてくれる。さらに、可能なかぎり、さまざまな支援をしてくれる。

だが今回、アダーラはお休みだった。クラークの訓練プログラムをはじめる準備をしなければならなかったからだ。ということは、心のこもった温かい挨拶《あいさつ》も、最新の飛行時間や旅程の説明も、機上からのホテルやレンタカーの手配も、極上の食事も、荷物を持ちましょうという申し出も、なし、ということだ。

そう、案の定、ヒックスは三人に一度ずつちょこっとうなずき、素っ気なく「すぐに離陸するから、荷物をきちんと収納し、シートベルトをしめて」と指示しただけだった。

ヘンドリー・アソシエイツ社のガルフストリームがこれから飛ぶ、ワシントンＤＣからインドネシアのジャカルタまでの距離は、八八三三海里、約一万六三五九キロだった。三人の男たちは機内に入るや、ディスプレイ上に表示されていたその飛行距離に目をやり、あきらめの表情を浮かべ、肩を落とし、溜息をついた。これからほぼ丸一日、この豪華だが狭苦しい空間でいっしょに過ごさなければならないのだ。

客室に入るとすぐ、ドミニク・カルーソーは言った。「では、カントリー、ボンベイ・サファイアのジントニックをお願い、ライムスライスを余分につけて。それから、例のふわふわ枕《まくら》をひとつ頼む」

むろん冗談で、ジャック・ジュニアは笑いを抑えこんだ。

〝カントリー〟・ヒックスは歯ぎしりし、言った。「クラークがここにいたら、面と向かって言ってやりたい。アダーラはあんたらの小チームの素晴らしいメンバーになるかもしれないが、うちらは彼女を失い、非常に不満だ。彼女のおかげでこの機の運航のすべてがうまく行っていたんだからな」

シャベスが声をあげた。「アダーラの代わりを見つける必要があることはジェリーにもわかっている。たぶんボスはもう捜しはじめているんじゃないかな。だが、見つける前に、突然インドネシアで問題が発生した、というわけだ。心配はいらない。機内での自分たちの面倒は自分たちで見られる。ジャカルタ滞在に必要となる手配も、向こうに着く前になんとか自分たちでやれる」

ヒックスはすこし気分が落ち着いたようだった。シャベスとジャックに向かって軽くうなずき、ドミニクには目をちょっとだけ上に向けて見せてから、コックピットにもどろうとした。「冷凍の食事ならたくさんある。でも、わたしは電子レンジの使いかたも知らないんでね。飲みもの、その他入り用のものは、前の調理室にある。冷凍じゃないものを食べたいのなら、電話をするだけで、ヴァンナイズ空港に給油寄港するときに、機まで届けてもらえるはずだ」

そして言い添えた。「シートベルトをしめて。二分後には税関通過となり、地上走行《タキシング》を開始する」

ドミニクがなおもジョークを飛ばした。「ええっ、飲みもの、持ってきてくれないの？　マジで？」そう言ったときにはもう、立ち上がって調理室に向かっていた。自分のものだけでなく、シャベスとジャックの飲みものも持ってくるつもりだった。

メアリ・パット・フォーリ国家情報長官から電話が入ったのは、離陸してまだ二〇分しかたっていないときだった。三人の工作員たちは客室中央のテーブルにつき、メアリ・パットの声がスピーカーフォン・モードにされた電話から飛び出した。彼女はわかっているかぎりのジャカルタの状況をすべて伝えた。ダン・マリー司法長官から得たいくつかのファイルも送ってよこし、それらはみなすでに、壁にかかるディスプレイで見られるようになっていた。

機密情報を渡そうとしている男がいて、そのスパイ行為を阻止するには〈ザ・キャンパス〉工作員たちをインドネシアへ急派するしかなかったのだ、という説明を受けて、シャベスが訊いた。「大使館にだれかいないんですか？……警備担当の海兵隊員とか、首席公使とか、あなたが電話一本かけるだけでいいだれかが？　だれかがその問題の男に面と向かって『何をやろうとしているのかわかっているぞ』と言えばよかったんじゃないですか？」

「それがそんなに単純じゃないの。そもそもその裏切り者がだれだかわからないし、通信傍受に利用しているSIGINT《シギント》の情報源を、大使館員たちに知られたくないということもあるの。

受け渡し場所を海兵隊員で埋めつくすとか、付近に爆弾が仕掛けられていると通報するとか、いろいろ考えたのだけれど、北朝鮮の要員たちがわれわれの知らない方法で裏切り者に連絡し、受け渡しの場所と時間を変更する、という可能性もないとは言えない。で、結局、これを阻止する確実な方法は、だれかを現場に送りこんで、取引をしに姿をあらわす裏切り者の正体を目でしっかり確認させ、必要な措置をとらせるしかない、と判断したの」

シャベスは返した。「なるほど、そうですね。空の旅を丸一日して飛行機から跳び降り、さっぱりわからない状況に飛びこむ、というのは、あまり好きではありませんが、そちらの苦境は理解できました」

メアリ・パットは言った。「ダン・マリーが現地のFBI捜査官を受け渡し場所に行かせ、あなたたちのためにビデオ撮影をいくらかさせている。それを見れば、現場のようすがあるていど頭に入るはず。数時間のうちにその動画も送るわ。役立つんじゃないかしら」

「そりゃ、大いに役立つでしょう」シャベスは応えた。「オーケー、これから一日のわれわれの居所は、言うまでもなく、ここ飛行機のなかですから、最新情報がありましたら、いつでも遠慮なく連絡してください」

「そうさせてもらうわ」メアリ・パットは返した。「ところで、新人をチームに入れるという話は進んでいるの？」

シャベスは答えた。「工作員を二人増やすという線で進んでいます。二人とも、訓練を終えれば即、チームにうまく溶けこんで活躍できるはずです」

「軍出身者？」

「はい、二人とも。ひとりはバルトーシュ・ジャンコウスキーという名の陸軍デルタフォース退役大佐。もうひとりはアフガニスタンで海兵隊歩兵部隊と行動をともにした経験のある元海軍衛生兵。アダーラ・シャーマンという女性です。彼女はここ何年か、われわれのガルフストリームの客室乗務員を務め、輸送・物流・兵站《へいたん》コーディネーターとしての仕事もこなしてきました。さらに、準工作員として、われわれを支援してくれたことも一再ならずあります」

「素晴らしい」メアリ・パットは言った。「〈ザ・キャンパス〉の規模が大きくなるというのは嬉《うれ》しいわね。われわれがいま対処している、この情報漏洩《ろうえい》がどういうものであろうと、通常の諜報システムの外にいる組織が必要なことはわかりきっている。そういう組織が強化され、その支援力が増大するというのは、大歓迎」

シャベスは応えた。「どうぞ、何なりとお申しつけください。ただ、手のなかの情報をすべて、できるだけ早く、こちらにも伝えてほしい、それだけはお願いします。現状では、悪党どものほうが圧倒的に有利です」

16

アブー・ムーサ・アル＝マタリは雨降る夕闇《ゆうやみ》のなかに立ち、ガイアナ西部の平らなジャングルを見わたしていた。近づいてくる航空機のライトが夕闇の奥に浮かんだ。

数秒後には、航空機そのものも、雲の下の林冠の上に見えるようになり、それは滑走路まで降下した。着陸は完璧《かんぺき》だった。車輪が雨水と小石を後方へ撥《は》ね上げた。

アル＝マタリは飛行機には詳しくなかったが、いまやって来た機は今回の仕事にぴったりのものだと言われていた。すべて、あの謎《なぞ》のサウジアラビア人が手配したのだ。それは三〇年前に製造されたアントノフＡｎ－32多用途輸送機で、ボリビアのチャーター専門航空会社がペルーの首都リマの運送会社から買ったものだった。Ａｎ－32は必要としていたものよりも大きかったが、航続距離が長いので、二〇〇〇マイルを優に超えるここから目的地までを、途中給油一回のみで飛ぶことができた。

アル＝マタリは振り返り、肩越しにうしろを見やった。直属の副官のうちの二人がそこにいた。二人ともアメリカまで同行することになっていた。どちらもムハンマドという名前だったが、ひとりはリビア出身で、もうひとりはアルジェリア出身だったので、アル＝マタリはそれぞれをトリポリ、アルジェと呼んでいた。

二人はアル＝マタリのボディーガードを務めることになっていたが、何十年ものあいだ軍や反政府組織で戦いつづけてきたので、アメリカの他の細胞を支援する〝資産《アセット》〟にもなりえた。二人とも爆弾製造のエキスパートでもあり、よっぽど厳しい取り調べに遭わないかぎりアメリカの法執行官の改めにも耐えうる偽造の運転免許証や身分証を所持していた。

それに、万が一、厳しい取り調べに遭った場合も、トリポリもアルジェも冷酷な殺し屋だから心配ない。

三人の中東人の背後には、セミトレーラーが一台とまっていて、雨に打たれていた。荷台の扉はまだ閉じられたままだった。荷台のなかには、アメリカに運びこむ装備がすべて、鍵《かぎ》のかかった黒いプラスチック容器に分割されて収められていた。容器はみな五〇ポンド（約二三キロ）の重さがあり、各細胞にそれが一二個ずつ届けられることになっていた。つまり、細胞はそれぞれ、およそ六〇〇ポンドの武器を受け取ることになる。

数分前にトラクターはトレーラーを切り離し、待っていた空のトレーラーをつなぎ、この三人の中東人しかいない飛行場をあとにして、西へと戻っていった。

これといって特徴のない白いＡｎ‐32は三人の男と積荷の前でとまり、ステップが下ろされ、それが深い水たまりに落ちて、水が撥ね上がった。副操縦士がステップを下りてきて、車輪を輪止めで固定し、そのあいだに機長がエンジンを切った。

機長と副操縦士が雨のなかに立つ三人のところまで歩いてきて、全員がそれぞれ握手をかわした。機長は訛《なま》りの強い英語を話した。アル＝マタリはボリビア人だろうと思った。

機長は言った。「ひどい雨だね、セニョーレス」

ここはガイアナで、いまは雨季なのだ。だから、雨に驚く者などいないはず、とりわけ南アメリカ出身の貨物機パイロットが驚くはずがない、とアル＝マタリにもわかっていた。

滑走路の長さは一〇〇〇メートルだった。それはアル＝マタリにとっては充分過ぎる長さだった。Ａｎ‐32はめいっぱい貨物を積んでいても九〇〇メートルもあれば離陸できる、と言われていたからである。

だが、白髪頭の機長はセミトレーラーをじっと見つめていた。何か問題があるにちがいない。「荷の最終重量は？」

「一八五〇キロ」

機長は首を振った。「この雨ではそれだけ積んで離陸するのはむりだ」

アル＝マタリは機長に跳びかからんばかりに食ってかかった。「何を言っているんだ？　飛行機というやつは雨が降ったって飛べるぞ！」

機長はふたたび首を振り、自分のうしろに延びる滑走路を指さした。「いいかね、お友だち、これは砂利敷きの滑走路なんだ。砂利敷きのな！　もしも、それだけの荷を積んで、途中で離陸中止ということになったら、ブレーキをかけても間に合わない。滑走路の端の手前でとまるなんてできないんだ。長さが充分じゃない、そういうこと」

アル＝マタリは承服できなかった。「では、離陸を中止しなければいい、いいじゃないか」

機長は呆《あき》れたとばかり目をグリッと上に向けて見せた。

だが、アル＝マタリは食い下がった。「天候が回復するのを待ってなんかいられない。いますぐ離陸するんだ。でないと金を払わない」

「では、しかたない。もっと金をくれ」機長は親指をグイと動かし、副操縦士を示した。「おれたち二人に。それぞれに五〇〇アメリカドルずつ上乗せしてくれ」

アル＝マタリはこういう事態になることも予測していた。アメリカに着いたら、こいつらを殺してやろうかと思ったが、それでは肝心の任務のほうが台無しになる恐れがある。

アル＝マタリは怒りを呑《の》みこみ、言った。「あと五〇〇〇ドル払う。合計だ。二人で仲良く分けるか、奪い合え。あとは知らん。だが、いますぐ荷を積みこみ、飛ぶんだ。いいな？」

機長は怒りをあらわにしてアル＝マタリをにらみつけたが、すぐに男たちに積みこみをはじめるよう手振りで伝えた。

アル＝マタリのボディーガード二人、機長と副操縦士、それにアル＝マタリ自身も、みないっしょに働いて、六〇個の硬いプラスチック容器を航空機のなかに運び入れた。容器のふたには1から5までの番号が振られていた。あとで容器をあけなくても、どの容器をどの細胞へ渡せばいいのかわかるようにするためだった。

副操縦士が荷をしっかり固定しているあいだに、雨でずぶ濡《ぬ》れになった三人の中東人は、自分たちの荷物をつかみ、大きなバックパックを背負い、キャスター付きのダッフルバッグを引きながら機内に入った。

アントノフAn－32多用途輸送機は雨のなか、離陸し、北へ針路をとった。心配した離陸中止もなく、雲の上に出たときにはもう、ガイアナ領空から離れつつあり、カリブ海へと向かっていた。

アブー・ムーサ・アル＝マタリは、それからの数時間、作戦の次段階がはじまるのをじっと待っているしかなかった。だから、輸送機が巡航高度に達すると、つかつかと荷のところまで行って点検し、ネットで貨物区画にしっかり固定されている、ごついプラスチック容器を手でなでた。

これまでにアメリカのいわゆる〝遠隔過激化攻撃者〟（自国育ちの聖戦戦士《ホームグロウン・ジハーディ》）によってＩＳの名のもとに単独で実行された――すべてではないとしても――ほとんどの攻撃には、国内購入の武器が使われた。アメリカはやはり、小火器だらけの国なのである。そう、店に入って二〇分後には銃を手にして出てこられる、という国なのだ。一〇〇〇ドルもあれば高品質のカービン銃が買える。ただし、ホログラフィック照準器《サイト》、反動をコントロールしやすくする改良握り《グリップ》、銃の前部に装着するライトといった特殊なオプション品や、予備弾倉《マガジン》が付いたものは、その倍はする。さらに、拳銃《けんじゅう》についても、五〇〇ドルから八〇〇ドル出せば、アメリカの法執行機関の大半と、アメリカ最強の特殊部隊の多くが使用しているのとまったく同じものを買うことができる。

しかし、銃について何も知らない人の多くは意外に思うだろうが、アメリカにおいても銃を買うときには書類を書いて身分証を見せ、全国銃器購入禁止者データベースによるチェックを受ける必要がある。しかもそのチェックは、ほぼ即座に結果がわかるのに信頼できるという、なかなか効率のいいものなのである。

むろん、これを回避する方法はある。居住する州で銃を所有する個人から買うという方法だ。これなら、連邦銃器販売被免許者——銃器販売業者——から銃を買うときにはクリアしなければならないチェックを受ける必要はない。だが、こうした個人からの銃の購入も、法律で規制されていて、違法売買は処罰されるので、絶対に安全というわけではない。そもそも正体不明の売り手と接触しなければならないのであり、その者は連邦政府とつるんでいるかもしれないのだし、買い手を怪しんでアルコール・たばこ・火器爆発物取締局（ＡＴＦ）に通報するかもしれないのだ。

細胞のメンバーのなかに、重犯罪や家庭内暴力の前歴のある者や、精神障害との診断を受けた者はひとりもいなかったし、アル＝マタリの知るかぎり、法執行機関や情報機関の監視下にある者もいなかったが、アメリカで合法的に武器を買える〈語学学校〉の戦闘工作員たちにそうさせるのは余りにも危険だった。だからアル＝マタリは彼らに銃器を買わせないことにしたのだ。細胞のメンバーのひとりが銃販売店《ガンショップ》に入って、ＡＲ－15、ＡＫ－47といった自動小銃やポンプアクション・ショットガンを見せてくれと店員に頼むたびに、怪しまれて調査の対象となる恐れがある。いや、拳銃を買いにいくだけでも危ない。ともかく、アル＝マタリは少しでも怪しまれる可能性があることをことごとく避けようとしていた。

アメリカ生まれであろうとなかろうと、細胞メンバーの三分の二はアラブ人に見えた。アメリカ人はみな、アラブ人というだけで疑うし、銃を買ったアラブ人がいたらＦＢＩに知らせて追わせようとするはずだ、とアル＝マタリは考えていた。

それにそもそも、アメリカでフルオートの銃器を買うとなると、かなりの時間待たされ、書類を書き、さらなるチェックや調査を受けなければならない。通常のフルサイズのＡＲ‐15やＡＫ‐47よりもずっと隠しやすい短銃身の小銃を買う場合も同じだ。だから、アル＝マタリと二人の部下たちは、細胞メンバーたちに銃を買わせないで、自分たちで武器を国外からアメリカへ運び入れ、二七人の戦闘工作員たちに配ることにしたのである。

例のサウジアラビア人が武器・装備の一切を手に入れてくれた。見事な仕事をしてくれたものだとイエメン人は認めざるをえなかった。最初、サウジアラビア人はメキシコの麻薬カルテルから武器を買う計画を立てたが、もっと簡単でいい方法が浮上した。サウジアラビア人はアル＝マタリにこう説明した――軍用の小火器をひとまとめにしてベネズエラからトレーラーでガイアナ国内の国境に近い飛行場まで運べることになった。数千ドルでその飛行場を一晩閉鎖できる。そこで働く警備員がうっかりゲートに鍵をかけるのを忘れて飛行場を離れることになっている。

いまベネズエラには、食料も民主主義もたいしてないが、犯罪と武器ならたっぷりある。ベネズエラは世界第一八位の武器購入国で、軍の武器管理はこの数年のあいだにずいぶんおろそかになっていた。

ここのところベネズエラは経済的に破綻《はたん》してしまっていて、軍のある大佐が金欲しさに、Eメールで接触してきた謎の男に小火器や爆薬を請《こ》われるままに売ることに同意したのである。武器が届いたら残りの金も支払うという約束のもと、早速、オフショア銀行の番号口座《ナンバード・アカウント》に代金の一部が振り込まれ、その番号が大佐に教えられた。

こうして武器がトレーラーに積まれて運ばれてきて、ガイアナの飛行場のすぐそばの倉庫のなかで、ただちにアル＝マタリと二人の部下みずからが中身をチェックし、仕分けた。

そしていま、アブー・ムーサ・アル＝マタリはアントノフＡｎ－32の貨物区画を歩きながら、プラスチック容器をひとつひとつながめていく。なかに何が入っているかはわかっている。イスラエル製Ｕｚｉ《ウージー》９ミリ口径サブマシンガン二五挺《ちょう》。ロシア製

AK-103自動小銃《アサルト・ライフル》二五挺。このアフタマート・カラシニコヴァ・モデル103はUziよりもずっと強力な弾丸を発射できるが、長さがイスラエル製サブマシンガンの二倍もあり、隠し持つのはずっと難しい。〈語学学校〉で教官を務めたグアテマラ軍特殊部隊カイビレス元隊員たちは、UziとAK-103の同等ヴァージョンを持ってきたので、それらを使って訓練を受けた者たちはみな、どちらの銃も操れるようになっていた。

手榴弾《しゅりゅうだん》が詰めこまれた容器も各細胞にひとつずつ届けられるように準備されていて、そこにはC-4軍用プラスチック爆薬や爆弾製造用機材も収められていた。

サウジアラビア人はまた、スウェーデンで開発されアメリカ軍も採用しているAT4携帯式対戦車弾発射機を四つ、RPG-7携帯式対戦車ロケット弾ランチャーを八つ、そのロケット弾を三六発、さらにイグラ-S携帯式防空ミサイルシステム(MANPADS)をも四つ買った。このイグラ-Sはジャンボ・ジェット機だって撃ち墜《お》とせるという優れものだ。

アル=マタリと〈語学学校〉の〝生徒〟たちにとって残念なことに、元カイビレス隊員たちはイグラ-Sを使うことはまったくなかったし、実物大の模型を使った訓練も施してくれなかったが、IS戦闘工作計画にとって幸運なことに、その携帯式防空ミサイルシステムの準備・照準・発射の正しい手順を教示する動画がYouTube《ユーチューブ》で見ることができる。

実物を使った実際の訓練にはかなわないが、そのユーチューブの動画はイグラ-Sをはじめて使用するテロリストにとってはまさにお宝になるはずだった。

この四つの携帯式防空ミサイルシステムは、最初から四つの細胞に分け与えられるということはない。アル＝マタリはそのすべてを自分で保有し、しかるべき時が来たときに、必要とする者たちに配るつもりだった。トリポリやアルジェが、いやアル＝マタリみずからが、ミサイルを発射することになる可能性だってある。

機内にはまた、〝生徒〟全員に一挺ずつわたる数のグロック17自動拳銃が積みこまれていた。グロック17はベネズエラ軍の主要な拳銃で、やや大きくはあるが非常に隠し持ちやすく、ひとつの弾倉《マガジン》で9ミリ弾を一八発も撃つことができる。ということは、五人からなる細胞は、巧みに一体となって行動した場合、たったひとつのターゲット——たとえば、守衛所や、海軍のパイロットがたくさんいるテーブルや、アメリカの情報機関の高官がスピーチをしている演壇——に、一〇秒ほどのあいだに九〇発も撃ちこめることになる、とアル＝マタリは計算した。

九〇発！　狙撃手《スナイパー》なんて必要ない。戦闘工作員たちが勇敢かつ献身的でありさえすればいい。

アル＝マタリはグロック17とＵｚｉが近接暗殺に最も役立つ武器であるとわかっていたし、自動小銃はもっと遠くに集まっている多数のターゲットをねらうのに適していて、爆発物やロケット弾やミサイルは車両など大きな標的を破壊するのに用いるべきだということも理解していた。

ケヴラー防弾チョッキも三〇着、荷のなかに含まれていた。ただ、これは拳銃の弾《た》丸《ま》なら防げるが、小銃で細胞メンバーに向けて放たれた銃弾をとめることはできない。

プラスチック容器のなかには別のヴェストも三〇着入れられていた。そちらのほうはベネズエラから運びこまれたものではなく、中東からガイアナに直接空輸されたものだった。自爆《スーサイド》ヴェストである。遠隔操作信号によっても、電線の端についているスイッチを押すことでも起爆させられ、電線をシャツの袖《そで》に通してスイッチを手のなかに隠しておくこともできる。

アル＝マタリは、Ｓ－ヴェスト（自爆ヴェスト）の下にケヴラー防弾チョッキを着けさせて、配下の男女を〝戦場〟に送り出すつもりだった。そう簡単に死なれては困るのである。死ぬべきときが来るまでは生きていてもらう必要がある。Ｃ－４軍用プラスチック爆薬を使ったＳ－ヴェストは弾丸を受けても起爆しないから、防弾チョッキで弾丸を防げているうちは戦闘工作員たちが死ぬことはない。殉教の時は、殉教者自身ではなく、こちらが決めるのだ。そうやって大いなる目標を達成するのである。アル＝マタリは各細胞へ渡す全装備を一台のヴァンか大型ＳＵＶに積みこめるほどの量に抑えた。むろん、フロントシートの運転席と助手席には人が座らないといけないから、そこには荷を積みこむことはできない。各細胞は四六時中、全装備を携えて移動するわけではないが、複数の車両で大量の銃器を運んでいたのでは、怪しまれて見つかる可能性は増大する。そんなことで計画が台無しにならないようにしないといけない。

ようやくアブー・ムーサ・アル＝マタリは自分のシートにもどり、アルジェとトリポリを見やった。二人とも、興奮で顔を輝かせていたが、これが片道の旅になることを知っていた。殉教者になるまでアメリカにとどまるのである。二人は祈った――自分たちの殉教が達成されるのは、いま背後の貨物区画に積みこまれている弾丸、手榴弾、ミサイルの最後の一発を撃ち、投げ、発射したときになりますように、と。

17

武器を積んだ飛行機が南からアメリカへ向かって飛んでいたとき、ワシントンからアメリカ合衆国を横断して、素早く給油するためにロサンジェルス郊外のヴァンナイズ空港に着陸した航空機があった。三〇分後、それはふたたび離陸し、今回の空の旅で最も長い航程を飛びはじめた。三人の〈ザ・キャンパス〉工作員たちはアメリカ横断のフライト中にすでに仕事をし、最後の航程でもさらにやるべきことがあったが、カリフォルニアから韓国のソウルまでのフライト中にはいくらか睡眠をとろうとした。

ガルフストリームG550がソウルの空港に着陸すると、機上の四人の男と一人の女は、給油作業に五〇分かかるということで機外に出たが、通関の予定はなかったので、機から五〇フィート以上離れることはなかった。五人はストレッチや足踏みもしたが、ほとんどの時間、機内にいるときとちょうど同じように、退屈し、充血した目をしてぶらぶら歩きまわるだけだった。

ガルフストリームがソウルを飛び立ち、空にもどると、三人は旅の最後の航程を利用して、目的地到着後の具体的な段取りを立てはじめた。現場の状況や、そこで出遭うはずの者たちに関する情報を、CIAとFBIからさらに得ることができたのは、実にありがたいことだった。なにしろ、三人が現地空港に到着するのが午前五時近くで、北朝鮮の諜報《ちょうほう》機関員たちと、まだだれだかわからないアメリカ国務省職員とが会うことになっているのが午前九時なのだ。だから、ガルフストリームがジャカルタに着陸するや、即座に飛行機から降り、入国手続きをすまし、待っているレンタカーに飛び乗り、ホテルに直行して最終的な情報・装備のチェックをおこなわなければならない。

ガルフストリームG550は予定時刻どおりにジャカルタに着陸し、三人の工作員たちは税関職員および入国審査官に荷物を徹底的に調べられた。そのあとヘレン・リード機長とチェスター・〝カントリー〟・ヒックス副操縦士が、ゆっくり時間をかけてガルフストリームをFBO（運航支援事業所）の格納庫まで地上走行《タキシング》させた。三人の工作員たちのために時間を稼ぐ必要があったからである。なにしろ彼らはそのあいだに、調理室の点検用パネルの裏側の秘密コンパートメントから、サブコンパクトモデルのスミス&ウェッソン・M&Pシールド・9ミリ口径自動拳銃、ウエストバンドの内側の盲腸《アペンディクス》のあたりに装着するアペンディクス・ホルスター、予備弾倉《マガジン》、最先端の隠しイヤホン型ヘッドセット、応急医療用品、その他、作戦に必要となるものを大急ぎでとりださなければならなかったのだ。

ドミンゴ・〝ディング〟・シャベス、ドミニク・カルーソー、ジャック・ライアン・ジュニアは、それぞれ自分の手荷物を持って機外へ出ると、待っていたレンタカーへ急いだ。リード機長とヒックス副操縦士のほうも、記入しなければならない書類があって、すぐさまＦＢＯへ向かった。二人の運航乗務員は、ここからまたいつでも飛び立てるように、ただちに給油と必需品の補充をおこない、そのあと客室後部の寝心地のよいシートかソファーですこし睡眠をとるつもりだった。必要なときにはこの国から即座に脱出できるように準備を整えておかなければならない。

少なくとも五時間は離陸しなくていいはずだったが、そのあとはいつ電話が入って、いま空港に向かっていると工作員チームに言われるかわからず、実際にそうなった場合には超特急で飛行前点検と出国手続きをしなければならない。だから、そうなる前にすこしは睡眠をとっておいたほうがいいのだ。

午前六時、三人のアメリカ人はレンタカーで二四時間営業のドラッグストアへ行き、ショッピングバスケット一杯分の買い物をした。ほとんどは水、スナック食品、生活雑貨だったが、シャベスは紙製のサージカルマスクが五〇枚入っている箱もひとつ買った。ここでは、感染症予防と大気汚染対策としてそうしたマスクをかけている人がふつうに見られるのである。

車にもどると、シャベスは二人の同僚にマスクを一つかみずつ手渡した。

ドミニクがふざけて見せた。「おれたち、一週間ここにいるんですか？」

「すぐに汗をかきはじめる。走りもする、息も荒くなる。だから、すぐにマスクは濡れてぐしょぐしょになり、顔からずり落ちる」

「なるほど、そうか」ドミニクは返した。「じゃあ、二枚重ねて使おうかな？」

「楽に息をしたいんだったら、やめたほうがいい」

ジャック・ジュニアが言った。「問題の受け渡し場所は歩行者専用ゾーンで、自転車やスクーターなら通れますけど、車は入れません。スクーターを一台、いつでも使えるようにしておいたほうがいいんじゃないですか？」

シャベスは車を駐車場から道にもどし、ジャカルタの中心部へ向かって走らせた。これから行く予約済みのホテルは、まだ名前もわからないアメリカ国務省職員が北朝鮮人たちと会うことになっている場所からわずか二、三ブロックしか離れていなかった。「スクーターは二台、確保しておいたほうがいいと思う。その二台とこの車を使う。そのほうが行動の選択肢が多くなる。飛行機のなかで話したように、今回はすべてぶっつけ本番でやらないといけない。柔軟に動けるようにしておいたほうがいい」

午前七時、三人はホテルにチェックインし、フロント係に頼んで、スクーターを二台借りてレンタカーの隣にとめておくように手配してもらった。階上の部屋に入ると、念のため装備を再チェックし、着替えた。三人とも、ジョギングを楽しむジョガーか、とてもカジュアルな観光客に見える服装にした。観光客というのはだいたいどこでも思い切りカジュアルな格好をするものだ。

アメリカの大使館員が北朝鮮人たちと会うことになっている場所は、ジャカルタ中心部にあるムルデカ広場の独立記念塔モナスの台座のところだった。高さ四三三フィート（約一三二メートル）の白い塔であるモナスは、インドネシアの独立を記念するために建てられた国家記念碑だ。三人がいまいるホテルは、ムルデカ広場の二、三ブロック西にあった。ともかく時間がなかったので、三人は数分のうちにペットボトルの水を飲み、プロテイン・バーを食べ、小型双眼鏡を首にかけてシャツのなかに隠した。

そして準備がすべてととのうと、最後にもういちど打ち合わせをして作戦を検討し、現場の地図をふたたび見つめて頭に刻みこみ、これからしなければならない行動に集中できるように時差ボケを払いのけようとした。

午前八時、三人はそれぞれムルデカ広場の別々の三隅に到着した。シャベスは北西の隅に車をとめ、ドミニクは南東の隅にスクーターをとめ、ジャックはヘルメットをかぶったままスクーターを走らせつづけ、独立記念塔モナスへまっすぐ向かった。

広大な広場だった。芝や樹木が植えられた障害物のない広々とした空間で、噴水や彫像がいくつも散らばり、幅の広い石畳の道にはスクーターが疾走し、そこを通り抜けて仕事場まで歩こうとしている通勤者もかなりいた。独立記念塔はだだっ広い広場のまん真ん中にあり、ほんのすこし盛り上がったかなりの広さの芝地の上に鎮座している。五〇ヤード四方の石の階段が台座となっていて、それを一〇ヤードほどのぼったところに塔の基部がある。まだ朝の八時だというのに、もう観光客があたりを動きまわっていた。

北朝鮮側が受け渡し場所をここにしたのはうなずける。広場の南東の隅のすぐそばにアメリカ大使館があるからだ。ただ、秘密の取引をするにはいい場所とは言えない理由もたくさんある。インドネシアの内務省と陸軍本部も、広場に接しているからだ。

「いやあ、広いなあ」ジャックは思わず声を洩《も》らした。

シャベスが言った。「ドム、きみとおれはジョガーになる。走れば、広い地域をカヴァーできる」

ドミニクは不満げな声を出した。「一時間ばかり走ってからDPRKの諜報員たちと対決するんですか？」DPRKは朝鮮民主主義人民共和国。

シャベスは答えた。「北の諜報員なら、それほどしないうちに見つけられ、そいつらをなんとか避けられるかもしれない。数分走ったら、ひと休みし、あたりの様子をうかがい、またすこし走る、というふうにすればいい。ここではそれぞれが自分の判断でうまく行動するんだ。だが、連絡を絶やさないように」

ジャックはスクーターで石畳の道を走って、広場の内側の区画をめぐりはじめた。

「きみが太腿《ふともも》の筋肉を痛めたら、従兄《カズ》、ドラッグストアに急行して痛み止めクリームを買ってきてやるよ」

「何言いやがる、くそっ」ドミニクはうなるように言った。

三人の〈ザ・キャンパス〉工作員たちはそれぞれ広場の別の区画を移動して、モナスと呼ばれる国家記念碑とその階段へと徐々に近づいていった。そして、そうしながら、今回の件に関する疑問点について、ヘッドセットを通してしっかり話し合った。

つまり、なぜ、こんな時代に、こんな人目につく公《おおやけ》の場で、極秘情報が手渡されなければならないのか？　昨今、極秘情報の受け渡しは電子的に行われるのがふつうなのだ。〝観光名所での手渡し〟だなんて、まるで一九八〇年代のスパイ小説ではないか。最初にもっともらしい答えを出したのはドミニクだった。「あっ、こうかもしれない。外交文書をEメールで送るということでは否認が可能になるからだめ、なのかも。つまり、自分はやっていない、パスワードを盗まれたんだ、これは仕組まれたことだ、なんて言い張れる。送信ボタンを押す瞬間をとらえて現行犯逮捕、というのは難しい」

シャベスがこの考えをさらに進めた。「北朝鮮は受け渡す瞬間の写真が欲しいのか」

「そういうこと」ジャックも同意見だった。「写真を撮っておけば、これからもその男を言いなりにできる。それで脅して、情報をさらに要求することもできる」

シャベスが即座に返した。「ようし、みんな、その仮定のもとに行動しよう。今日のイヴェントを記録するカメラマンを捜すんだ。あるていど離れた場所、少なくとも二〇〇ヤードは離れた場所を重点的に調べるべきだろう。高倍率望遠レンズを使えば、それくらい離れたところからでも受け渡しの写真は撮れる。なにしろ戸外だから、カメラマンを見つけ出すのは難しいだろうが、そいつをつきとめるのは他のDPRK要員たちの特定に劣らず極めて重要だ。おれたちは紙のマスクをかけてはいるが、写真にばっちり撮られるのはやはりまずい」

すぐさまドミニクとジャックは自分のまわりを目で調べはじめた。

ジャックが言った。「あのですね、ディング、ここの基本情報、読みました？ここはあのとんでもなく広い天安門広場の二倍ほどもあるんです」

〝ディング〟・シャベスは返した。「ああ、読んだ。実際にこうして見てもいる。この広場は大きすぎて、おれたち三人だけで全体をカヴァーするのは不可能だ」

ドミニクが弱音を吐いた。「ギャヴィンがここにいてドローンを飛ばしてくれたらなあ」

シャベスは言った。「おれたちだけでなんとかやれる。消去法を利用するんだ。受け渡しは独立記念塔の北側の階段上で行われることになっている。敵はほとんどどの方向からも国務省職員を撮れるだろうが、たぶんカメラマンは〝北側に固執せよ〟という指針に従うはずだ。それで捜すべき区域が半分になる。さらに、そいつは林のなかにまで退くこともない。この広場の外側半分は林だから、それでまた捜すべき区域が半分になる」

ジャックが指摘した。「塔のてっぺんに展望台があります」

シャベスは応《こた》えた。「そこからだといい写真は撮れない。それに急いで逃げなければならなくなった場合、非常に困る。おれだったらそこには監視要員を配置しない。DPRKもしないはずだ」

三人は記念塔の北側に向かって移動しつづけた。

数分後、ジャックが言った。「北側の階段のどこで実際に両者が会うことになるのかはわからないわけです。記念塔は大きく、階段も広いですからね。でも、よく考えると、アメリカ大使館が広場の南東の隅のすぐそばにあるので、やつらは記念塔の向こう側、つまり階段の北西部分でアメリカ人に会おうとするのではないでしょうか。万が一、大使館の屋上から望遠レンズで監視されている場合のことも考えて。階段のほかの部分なら、大使館の屋上から林越しに見ることができます。大使館員がアメリカ当局にこっそり通報している可能性もいちおう考慮しなければならないはずです」

シャベスは返した。「なるほど、そうだな、ジャック。すると、カメラマンも大使館から見て記念塔の裏側に配置されるということになるな。きみはいまスクーターに乗っている。北西へ向かって、きみの理論が正しいかどうか見てきてくれないか？」

ジャック・ジュニアは長くまっすぐ延びる道をスクーターで走り、内側の区画の北西の隅へと向かった。道を三分の二ほど進んだところで、右手の林のなかに目をやった。道に沿って広がる、よく手入れされた林のすぐ内側に、気になるものが見えたのだ。いた、北朝鮮人であってもおかしくない風貌《ふうぼう》の男が二人、三脚に据えられたカメラのそばに立っている。そしてカメラには五〇〇ミリはあると思われる望遠レンズがついていた。現在レンズは、記念塔のほうではなく、真南へ向けられているが、そもそもなぜカメラの設置場所がそこなのかがよくわからない。二人の男もカメラも、林のなかにかなり入りこんでいるのだ。

ジャックは報告した。「監視チームと思われる男たちを発見。二人。記念塔から三〇〇ヤード、いや、もうすこしあるかも。望遠レンズ付きのカメラなので、道まで出れば、鮮明な写真が撮れるはず」

シャベスは応えた。「よし。だが、おれたちはDPRK野郎たちをどうにかしに来たわけではない。こちらの目標は、国務省職員を特定し、情報が渡される前にそいつを捕まえ――そうできる方法があれば――ここから連れ出す、ということだ」

ドミニクはいまや記念塔の階段のすぐ近くにまで迫っていた。受け渡しが行われると思われる階段の北西の角まで、あとわずか五〇ヤードほど。「位置についた。ここなら、問題の大使館員があらわれたら、すぐに近づいていける。受け渡しの瞬間までここにとどまる。だが、そいつがあらわれて、われわれが介入し、どれだけの騒ぎになるかは北朝鮮の連中次第だ」

シャベスは記念塔の西側まで一〇〇ヤードほどのところにある噴水の近くまで走ってきた。ジョギングのペースを落とし、足をとめ、ベンチに腰を下ろした。そして、さも頑張って走ってきて疲れたかのように、身を前に乗り出し、首《こうべ》をたれた。そうしながらシャツのなかから小型双眼鏡を引っぱり出し、両手で隠しつつ目にあてた。

「六人、発見。繰り返す、六人の男がいっしょに移動している。噴水に近づいてくる。北朝鮮人の可能性があるが、はっきりはわからない。全員、平服で、服装に制服らしいところはまったくない。みな、バックパックかブリーフケースを携行している」数秒後、シャベスは言い添えた。「噴水のある区画にいっしょに入ってきて、いま、二人ずつ三つのグループに分かれた」

ジャックが思ったことをそのまま口にした。「そいつら、馬鹿《ばか》なんじゃないですか、そんな一塊《ひとかたまり》になってあらわれるなんて？」

この疑問にはドミニクが答えた。「ほかに見張りがいるんだと思う。おれたちはまだ感づかれていないわけだから、そいつらは〝危険なし〟の合図を受けてXへ行くのだろう」Xは未知の受け渡し地点。

シャベスも同感だった。「まだ二五分ある。おれが見つけた六人、ジャックが発見した二人、さらに、まだどこにいるかわからない〝危険なし〟の合図を出す者たちがいるわけだから、敵はかなりの数になるということだ」

ジャックが提案した。「何か突拍子もないことをして受け渡しを阻止する、という手も考えておくべきでは？　裏切り者のアメリカ人を拘束できなくなってしまうかもしれないけど、少なくとも極秘情報が敵の手に渡ることはふせげる。われわれのうちのひとりが警官を呼びとめ、爆弾が仕掛けられていると通報するとか？」

すぐにドミニクの声が通信ネットワークを通して響いた。「そりゃだめだ！」

シャベスはほんの短いあいだだったが熟考した。「いまのところは腰を据えて待とう。アメリカ人を特定する——それをまず試みよう。そいつを受け渡し前に捕まえられるのなら、そうする。だが、それができず、このままでは情報が北朝鮮側に渡ってしまいそうになったら、おれたちのひとりが銃を引き抜き、地面に向けて弾倉《マガジン》が空になるまで発砲する、ということにしよう。それでやつらも散り散りになって逃げるはずだ」

オートバイに乗って広場を走りまわっている警官が二人いたが、なにしろ途轍《とてつ》もなく広い場所だったので、警官たちとは直接やり合わずにすむのではないか、とシャベスは思っていた。

いや、そうなりませんようにと、心の底から切に祈っていた。

シャベスは言った。「ともかく、目立たないように。だが、目ん玉をひん剝《む》いて、まわりをよく観察するんだ。今回の作戦が成功するか否《いな》かは、問題のアメリカ人が北朝鮮人たちに近づく前に、そいつを拘束できるかどうかにかかっている。それに、インドネシア当局が介入してくる前に、ここから脱出しなければならない」

Title : TOM CLANCY'S TRUE FAITH AND ALLEGIANCE:A JACK RYAN NOVEL (vol. I)
Author : Mark Greaney

イスラム最終戦争《さいしゅうせんそう》　1

新潮文庫　　ク－28－71

Published 2019 in Japan
by Shinchosha Company

令和元年五月一日発行

訳者　田《た》村《むら》源《げん》二《じ》
発行者　佐藤隆信
発行所　株式会社 新潮社

郵便番号　一六二―八七一一
東京都新宿区矢来町七一
電話 編集部（〇三）三二六六―五四四〇
読者係（〇三）三二六六―五一一一
https://www.shinchosha.co.jp

価格はカバーに表示してあります。

印刷・株式会社光邦　製本・株式会社大進堂

ISBN978-4-10-247271-2 C0197